“寝落ちもしもし”は朝も最高♪
僕の好きな、七海の綺麗な瞳。
寝ぼけ眼だけどその綺麗さは健在だ。
どこか眠そうに目を開いた七海は、
僕を見るなりニヘラっと笑みを浮かべる。
・おはよ」

美少女揃いのコスプレ喫茶は大盛況！

なかには**おもしろコスプレ**も……？
コスプレ喫茶で目の保養♪

彼氏限定の特別衣装♪
「どう……かな？」
七海は前についている
ファスナーを一気に下ろし、
ガバリと前を勢いよく開けた。
着ぐるみの下からは……
黒い服が見えた。

陰キャの僕に罰ゲームで告白してきたはずのギャルが、どう見ても僕にベタ惚れです 8

結石

HJ文庫
1143

口絵・本文イラスト　かがちさく

Contents

プロローグ　人の噂も七十五日？……005
第一章　誘惑と理性……017
幕間　揉んで揉まれて……069
第二章　ほんの少しの頑張り……079
幕間　寝落ちもちもち……140
第三章　月明かりとウサギ……158
幕間　二人のメイド……219
第四章　無礼講にも程がある……234
エピローグ　友達の作り方……309
あとがき……323

プロローグ　人の噂も七十五日？

ハーレム。

日常生活ではまず聞かない単語だけど、その単語自体を知っている人は多いんじゃないだろうか。

特定の男子の周囲に、女子が沢山いるという状況……。より正確に言うなら、男子に好意を持つ女性が複数いる状況のことだ。

逆に一人のヒロインに対して複数の男子が好意を持っているのを、逆ハーレムって表現するらしい。乙女ゲームの逆ハーレムエンドとかね。

ともあれ、僕の認識しているハーレムって単語は一対多を示す言葉だ。

だけどこの単語、もともと違う意味だって知っている方はどれくらいいるんだろ。

僕も詳しくなくて簡単に調べた程度だけど、もとは場所を指す言葉だったらしい。禁止された場所……禁則地的な意味合いを持つのがハーレムなんだとか。

それがなぜ、女性沢山とか男性沢山とかの状況を指すようになったのか……。

日本人はそういう魔改造が得意ってことなんだろう。なんとなく聞いたことがある。ラーメンとか、カレーとか、寿司とかもそうらしい。

色んな文化を取り入れ、吸収し、発展させる。単なる模倣とも違う……変態的とまで言われる独自の文化が日本ってやつなんだろう。

そんな日本を誇りに思う……とか、そういう話じゃあない。これは一種の現実逃避だ。だから、普段は調べない語源とかを調べてみたわけだ。

実は今……僕等には……僕には、不名誉な噂が流れていたりする。

どんな噂かは後述するが、僕がその噂の存在を知ったのはあろうことか担任の先生からだった。ハーレムって言葉から、どんな噂かは想像つくかもしれないけどさ。

話は少しだけ遡る。どれくらいかっていうと、具体的には委員長さん……後静さんがギャル化して数日後ってところだ。

僕は先生から……呼び出された。

呼び出されるのって、七海と付き合ったとき以来かな？　あの時は僕を心配してのことだったけど、今回の心配対象は僕じゃなかった。

「じゃあ、委員長が夏休み明けての変化はただのイメチェンと……」

「あ、はい。たぶん、そんな感じです」

神妙な面持ちで質問をしてきた先生は、僕の回答に安堵のため息を漏らす。どうも後静さんの変化っぷりは結構な衝撃だったようだ。

確かに僕もビックリしたし、最初は委員長だって分からなかったから気持ちは分かる。気持ちは分かるけど、なんで僕に聞いてきたのかは分からない。本人を呼び出して直接聞けばいいところを、なんで僕を呼び出したんだろうか……？

「先生、僕に聞かなくても本人に聞けばいいんじゃ……？」

「おまえな、男性教師がいきなり女子生徒に『服装変わったけど何かあった？』とか聞けないんだよ。セクハラとか騒がれたり……」

「そうなんですか？　というか、生徒を指導するとかの名目なら大丈夫なんじゃ？」

「俺もそう思うけど、学校からも注意しろってうるさく言われてるんだよ……」

何かを思い出したのか、先生は少しだけ不機嫌な表情になる。頭をぼりぼりとかきながら、鬱陶しそうにさっきとは別のため息を吐いた。なんとも世知辛い世の中である。

というか、それって注意する人にもよるから……後静さんなら大丈夫なんじゃないかな。先生に服装の変化を聞かれてセクハラとか騒ぐとは思えない。

いや、いきなり服装が変わったから人も変わったんじゃないかって思うのかな。僕は知ってるからそうは思わなかったけど。

確かに先生の立場になって考えてみると、真面目だった生徒が夏休み明けていきなりギャル化してたら……。

うん、確かに本人には直接聞きにくいな。

それでワンクッション置く意味も込めて、僕に聞いてきたわけか。納得はした。

「大丈夫ですよ。後静さんの中身は変わってないですから」

僕は先生を安心させるために、後静さんが変わったのは服装だけだということを伝える。

ただ、具体的なことは僕から言えないし、心境の変化とかは伝聞ではなく本人に聞いてもらうこととしよう。そこまで僕も詳細を知ってるわけじゃないしね。

僕が知ってるのは、あの服装をコーディネートしたのが七海ってことくらいか。

本人に似あっているし、さすが七海だと言ってあげたい。まぁ、それを先生に伝える気は無いけど……惚気っぽくなるし。

あれ？　……彼女のコーディネートを着た女性を褒めるってのはありなのか？　たぶん大丈夫だと思うけど、たぶんで動くのは危険だからこんど聞いておこう。

これで話は終わりかなと、僕が立ち上がった瞬間だった。その一言が先生の口から漏れ出たのは。

「そっか、一員になったわけじゃないと……」

「一員？」

普段聞きなれない単語が飛び出してきて、僕は反射的に聞き返す。

ただその瞬間、先生がしまったという表情になったのを僕は見逃さなかった。それは聞かれてはいけない人に、聞かれたときの表情……に見えた。

「先生、一員ってなんのことです？」

結果論だけで言うと、ここで聞き返したのは英断だったと思う。

世の中には知らない方が幸せということも確かにある。だけど、知らないままでいたら後から取り返しのつかないことになっていることも多々あるわけで。

今回のこれは、たぶん後者だ。

僕の状況を知ることができたという意味でも、よかったと今なら思う。

「えっとなぁ……その……」

先生は言いにくそうに頬をポリポリとかきながら、慎重に言葉を選んでいた。僕はツッコミを途中で入れることなく、先生の言葉をただ待つ。

やがて先生は意を決したのか……両手を膝の上に置いて少し大仰に足を開き……僕をまっすぐに見据える。

そして、その重い口をゆっくりと開いた。

「簾舞……とりあえず、取り乱さす、冷静に聞いてくれな」

「はぁ……」

僕としては嫌な予感がしつつも、先生のその言葉に素直に頷いた。先生も安心したように何回か頷くと、続きを口にする。

「簾舞……今、自分にどういう噂が出ているか知ってるか？」

「噂ですか？　あんまり知りませんけど……また七海との関係とかの噂ですかね。基本的に変な噂とかは無視してますし……」

「簾舞がハーレム作ってるって噂」

「はい？」

そう。僕はこの時に初めて知ったんだ。自分に関してとんでもなく不名誉な噂が流れているっていうのを。

先生曰く、こんな噂だ。

簾舞陽信は茨戸七海だけじゃなく、夏休み中に補習で二人きりになったことをいいことに後静琴葉にも手を出した。

後静琴葉がギャル化したのは、夏休み中に簾舞に落とされてギャル化したからだ。

これで簾舞ハーレムは茨戸七海、音更初美、神恵内歩、後静琴葉と四人になった。

要約すると、この三点だ。

ほかにもまぁ、色々とえげつない噂が出ているわけだけどそれらはこの三つの噂の亜種なのでとりあえず除外する。

ツッコミ所は満載なわけなんだけど、ともあれ僕にはハーレム構築疑惑がかかってしまっているということだ。

簾舞ハーレム。

風評被害も甚だしいが、それが僕に流れている噂だという。風評被害の使い方が合ってるか間違っているかはこの際措いておく。

まさか漫画とかでたまに見るその単語を、自身に冠されるとは思ってもみなかった。

誰だよそんなネーミングしたの……。先生にまで届いてるし。

「……僕、七海としか付き合ってないですし、好きなのも七海だけなんですけど」

「あー、うん。教師相手にそれを言える段階で噂が誤解だってさらに確信したよ」

なんか呆れ気味に言われてしまった。惚気っぽくなるから変なことは言わないでおこうって思ってたのに、結果的にそうなってしまった気がする。

ただまぁ、ここはハッキリさせておかないとね。

僕が好きなのは七海だけだし、七海が好きなのも僕だけだ。

音更さんに神恵内さんだって彼氏いるし、彼氏しか好きじゃないだろう。それで僕のハーレム云々は失礼な話だ。

後静さんは……明らかに僕にはそういう方面で興味がないだろうな。というか後静さんも男子は微妙に得意じゃないみたいだし。

「うん、まぁ……だろうと思ったから職員室では否定しておいたよ」

てっきり先生個人が知っている程度なのかと思ったら、どうやら先生は他の先生から僕に対する噂を確認されたのだとか。

複数の女性と不純異性交遊をしてるのではないか……と。

それはちょっと由々しき事態では？

……いやまぁ、生徒の噂が職員室で話題になるってのは普通なのかもしれないけど、それでもちょっと、僕としては勘弁してほしいなぁ。

「それにしても……なんでそんな噂が流れるんですかね？　そんな根も葉もない……」

「え？　気づいてないのか簾舞」

気づいてない……って、なんのことだろうか。先生はさっきまでのちょっと言いづらそうな感じとは違い、実にあっけらかんとそれを口にした。

「簾舞、基本的に女子としか一緒にいないだろ」

この瞬間、僕の思考は停止する。

えっと……え？　女子としか……？　いや、決してそんなことは……そんなこと……。

そんなことないと思うんだけど……。

ダメだ、思い返してみても確かに僕が男子と接触した記憶をほとんど思い出せない。せいぜい教室でちょっと雑談した程度だ。

というかもともと友達いなかったんだから、それはそれで当たり前のことだ。僕は学校で女子としか一緒にいない。

字面だけ見るとすっげぇ嫌な奴っぽい。もしくは女好き。

僕がそうして過去の自身の行動を顧みていると、先生は構わずに言葉を続ける。

「高校生くらいの男子が同年代の男子とほとんど一緒にいないで女子とばっかりいたら、そりゃ嫉妬でハーレム作ってるとか言われるよ。先生にも覚えがあるし」

ぐうの音も出ないほどの正論で、ぶっ刺さる言葉を言われてしまった。かろうじて僕の中にあったそんなことないだろうって気持ちが消滅する。

確かに、そんな目で見られてて後静さんがギャル化して……友達が少ない僕と話すようになったら、そうも思われてしまうか。

これもまた僕の自業自得ってやつになるのか。

「……職員室の方は任せとけ。他の先生にはうまく言っておいてやる」

「噂……消せませんかね？」

「一度出たらなかなかなぁ……」

確かに。先生が味方してくれるだけありがたいと思うべきか。

それにしても先生、噂に関しては非常に実感がこもっている気がする。もしかしたら昔、似たようなことがあったのかな。

そういう経験者が居るってのは、本当にありがたい。

もしかして先生、口を滑らしたんじゃなくてわざと口にして伝えてくれたのかな。もちろん、後静さんのことを聞きたいってのもあったんだろうけど。

しかしその噂……どうすれば消えるのか……。

「はぁ……男友達……作ろうかなぁ……」

それで噂が消えるわけではないだろうけど、少なくともこれ以上の変な勘繰りが増えるのは勘弁してもらいたい。

だからまぁ、今の僕が思いつく解決策ってのはこの程度だ。

僕の男友達って……今はパッと言えるのは翔一先輩くらいだし。一人だけだ。

しかも先輩はバスケ部所属の先輩だし……来年は卒業だ。今のタイミングで変な噂が流れたのは、同学年で男友達を作れという天啓と思った方がいいかもしれない。

無理やりかもしれないけど、後ろ向きになるよりはいい。

「いいんじゃないか。無理して作る必要はないと思うけど、これから修学旅行とかあるしな。男友達でつるんで遊ぶのも楽しいぞ」

修学旅行。

そっか、そんな行事もあるのか。

中学の時は……どうしてたっけ？　確か一人でなんかやってた気がする。別に楽しくもなかったからよく覚えてないや。

七海と一緒の班になれればいいけど、そうじゃないなら……少し寂しいな。

うん。確かに友達は作った方がいいのかもしれない。無理やり作る気はあまりないけど、それでも……友達ができる様な行動を心掛けた方がいいかも。

問題は……。

「でも……友達ってどうすればできるんでしょうねぇ」

僕が友達の作り方を、まったくもって分からないという点か。昔はどうやって作ってたんだっけ……?

そんな僕に、先生は少し呆れ気味に苦笑する。

「彼女持ちの生徒から、そんなことを聞いたのは初めてだよ」

「そうですか?」

「友達がいても彼女がいない男子が、彼女欲しいって言うのはよく聞くけどな」

なるほど、確かにそうかもしれない。

いつも通り順番がめちゃくちゃな気がするけど、僕にちゃんと男友達はできるんだろうか。それはこの時点では……誰にも分からないことだ。

僕が先生から呼び出されている間、七海は教室で待ってくれていた。いつも通り……だから、僕も先に帰ってとは言っていない。逆に、一緒に帰ろうとは声をかけていた。だけど、待っててくれるのを当たり前と思ってはいけない。これはたぶん、大事なことだと思う。

いつもと違うのはその場には後静さんも一緒にいて、音更さんも神恵内さんもいることかな。

どうやら四人で僕を待ってくれていた……というよりも、七海を一人にしないようにしていたと言った方が正しいのかもしれない。

七海に駆け寄ろうとして……さっきの言葉が不意によぎる。

「……ハーレムかぁ」

誰にも聞かれないように、小さく呟いた。

改めて自身の状況を客観視した。女性四人のところに駆け寄る男が一人。確かに、漫画とかであるハーレム系主人公のようだ。

あくまで『ようだ』ってだけで、僕は決してハーレム系主人公ではないけど。

主人公ではない……けどそう思われても仕方ないのかも。うーむ、これは盲点……いや盲点って言っていいのか？

そもそも僕は、漫画だとモブキャラだ。主役にはなりえない人物……それがここ最近は随分と濃い体験をしているってだけだからなぁ。

まぁ、七海にとっての主役であればいいか……。とかちょっとだけ恥ずかしいことを思ってしまう。思わずなんだそれと自問自答してしまった。

「お待たせ、七海」

「あっ、お帰り陽信ー。何の話だったの？　また補習とか？　じゃあ勉強会しよっか」

「いや、補習じゃなかったよ」

七海はちょっとだけ残念そうに、そっかぁと呟く。さすがにこのタイミングで補習が必要ってのはどんだけ僕は問題児なんだって話になる。

「……それはそれとして、勉強会はしよっか」

僕の一言で、七海はパァッと明るくなった。その輝く笑顔に、僕は思わず目を細める。

うぅむ、眩しい笑顔だ。

そんなに勉強会をしたかったのか……いや、七海どんなカッコがいいかなとか言い出したぞ。待って、そういうのって勉強会に必要なの？　え？　次の衣装？

なんか音更さん達も衣装についてあれこれ意見を言っている。待って、鞭って何？　え？家庭教師が鞭持つの？

七海の服装に対する入れ知恵の瞬間を見てしまったようで、ちょっとだけ気まずい。

もしかしたら、今後の七海の趣味にコスプレとか増えるんじゃないだろうか。

……どんなカッコで教えてもらえるのだろうか？　期待してしまっている自分がちょっと嫌だ。

「それで、何の話だったの？」

「あー、うん……」

ようやく話が元に戻ったけど、これはここで話してもいいものだろうか。僕はチラリと七海から目線を外して、後静さんを視界に入れた。

彼女は首を傾げて、そんな僕を見返す。

七海がコーディネートした、ギャルスタイルの後静さん。

一部男子には評判であり、一部男子からは戻してと言われているその姿。

彼女がその姿で登校してきたときは結構騒ぎになった。夏休みデビューならぬ一日遅れデビュー……ってので。

ちなみに僕としては前の後静さん……委員長然としたその姿を強く記憶しているわけではないので、今の格好に対する違和感はそこまでない。

夏休みの時がほぼ初対面みたいなものだったからなぁ。今の姿も似合ってるよね程度の感想しか持っていなかったりする。

それで周囲が変な噂を流すとは、想定外だったけど。

「もしかして……私の話だったりする？」

「まぁ、それもあったよ」

さすがに気づかれた。彼女はふぅと一息だけため息を吐くと自身の服を見下ろす。そして両手で服をなぞると、僕に改めて視線を向けた。

「やっぱりかぁ……また簾舞君には迷惑かけちゃったね」

彼女は少しだけ艶めかしい所作で自身の身体をなぞる。たぶん服装の話題だって理解したんだろうな。理解力がすごい。

所作が艶めかしいせいで、七海が少しだけ赤面してた。たぶん後静さんはこれを天然でやってるから質が悪いんだろうなぁ……。

七海も無意識でやる行動があるけど、後静さんのはまたちょっとベクトルが違う気がする。とりあえず変な目で見ないように気を付けないと……。

「夏休み明けからこういうカッコし始めたから、話題にはなるかぁ」

そういうとまた後静さんはスカートを摘まんでペラリとめくった。僕からは見えない角度だけど、それでもその動作だけで目を逸らすには十分だ。

「琴葉ちゃん?!」

「あ、ごめん。またやっちゃった」

七海の言葉を受けて、後静さんがスカートから手を離すのが視界の端に入ってくる。完全に後ろを向けばよかった。

「短いスカートだから、慣れなくてついめくっちゃうね」

「なんでそうなるの……?」

七海の困惑した声に僕も同意する。そういうときってスースーするから着こむとかじゃないんだろうか。とりあえず僕は目を逸らしたまま話を続ける。

「後静さんの服装については、イメチェンって言っといたよ」

「先生も直接聞いてくれればいいのに」

「セクハラだって言われるのが怖いんだってさ」

後静さんだけじゃなく、七海達もあーっとなんだか納得したように声を上げる。やっぱりそういう認識ってあるものなんだ。

「それで陽信、ほかには何があったの？」

「え？」

「だってほら、それもって言ってたから」

七海がちょっとだけ僕にくっついてきた。さっきまで後静さんの方に目線を向けてしまったからなのか、教室内だけどその距離は非常に近い。

放課後だから今は周囲に僕等しかいないけど、ちょっと照れくさい……と思っていたら七海は僕の腕に自分の腕を回した。

まるで見せつけるように。

そんな七海に、僕はさっきのことを言うべきか……いや、言うのは確定してるんだけどこの教室って場所ではダメだろうと思っていた。

「ここで言うのはなぁ……」

かといってどこが良いかってのはあまり思い浮かばない。今関係している人には話しておきたいけど、悩ましいところだ。

「学校じゃ言いづらいことなの？」

「ちょっとだけ……」

僕にハーレム形成の噂が出ていますとか、周囲に誰もいないとはいえさすがに学校では憚られる話だ。

かと言って、全員でカラオケってのもさっきの話を聞いた後じゃちょっと躊躇してしまう。女の子たちとカラオケって……まさにだよな。

うん、思い返せば思い返すほど……噂が出たのが自業自得な気がしてきた。そりゃそう思うよ。女子三人に僕だけでカラオケだもんね。

それでもいい場所なんて思い浮かばず、やっぱりまたカラオケに行って話すかと僕がそう思った時だった。

「あ、じゃあ陽信のバイト先に行ってみない？」

「へ？」

「あれからナオちゃんに会ってないからさぁ。友達も紹介したいし」

七海のその提案は僕には意外だった。前は結構渋っていた印象だったから、自分から行こうって……。あ、でも前のデートの時に最終的には仲良くなってたか。

うーん……洋食屋さんだけど確かお茶だけしてもいいんだっけ……？

僕が迷っていたら、音更さん達も僕のバイト先に行って見たいと興味津々だ。もしかしたら、七海からチラッとは聞いてるのかもしれない。

確かに……喫茶店なら少しは話しやすいかもしれない。学校の人はあそこには多分来ないだろうし。

……って、ダメだ。

「七海、この時間……休憩時間でやってないや」

「えっ？　あ、そっか。ちぇー、ダメか」

露骨にがっかりする七海なんだけど、こればっかりは仕方ない。貴重な休憩時間を邪魔するわけにはいかないしね……。

バイト先に行くのはまた別のタイミングでってことで。でもお店でってのは結構いい考えかもしれないし……喫茶店で話でもしようかね。

とりあえず、僕等は場所を変えるために教室を後にすることにした。

ちなみに、僕は後からナオ先輩にこのことで文句を言われることになる。この話を伝えると……ものすごいショックを受けた顔をされたのだ。

曰く。

『ギャル四人⁉　連れてきてよ‼　休憩時間が超癒しの時間になるじゃない‼』

まるで男子高校生のようなセリフである。

そんな予想外のことで文句を言われるなんてつゆ知らず……この時の僕はハーレムのこ

とをどう説明したものかってことで頭がいっぱいだった。

だから、僕は気づいていなかった。この時の僕……僕等を見ている視線があることに。

頭がいっぱいじゃなくても気づきはしなかっただろうけど。とにかく、結果だけを考えると、この時の僕は場所を変えずに教室で話をするべきだったんだろう。

そうだったら、変な誤解も生まれにくかったと思う……。用心した行動が裏目に出てしまった形だ。

そんな僕等を見ていた人の正体を、僕はもうすぐ知ることになる。

◇◇◇◇◇◇◇◇◇◇

質問、もしもハーレムを作っているという噂を聞かされたら関係者はどんな反応を示すでしょうか。

答えの一端(いったん)は、僕が目(ま)の当たりにしてる状態だ。

七海、怒(おこ)ってる。

音更さんと神恵内さん、笑ってる。

後静さん……特に反応は無い。

音更さんと神恵内さんは、笑いすぎてお腹を押さえてテーブルに突っ伏してたりする。喫茶店内だから迷惑にならないように声を抑えてるのかもしれない。

「もー!!　失礼すぎる、なにその噂?!」

七海はプリプリと怒っている。まぁ、失礼だよね。お怒りはごもっとも。

ただ僕としては音更さん達が笑うと思っていなかった。てっきり七海と同じく怒ると思ってたから。

というかまぁ、この噂の主はどちらかというと僕だから僕がそう言われていることがツボってしまったのかもしれない。

「こうなったら……学校で私だけだって見せつけてやらないと……?!」

「待って七海、落ち着いて」

七海が固く拳を握る。まるで彼女の背後から炎が立ち上っているようで、その熱で彼女の姿が揺らめいているように錯覚してしまう。

まだまだ暑さ的には夏と変わりはないけれども、もう見なくなった陽炎越しに七海を見ているかのようだった。

ちなみに僕等は今、学校から場所を変えて適当な喫茶店に入っている。席順としては僕と七海が隣り合ってて、向かいに三人座ってる形だ。

まるで何かの面接みたいだな。

「落ち着いてるよぉ……。頭の中はどうやったらハーレムなんていう噂が掻き消えるくらい陽信と私の仲を校内に見せつけるかを考えてるんだから」

ゆらりと身体を揺らした七海の目には光がなかった。いや、こっわ。七海のこんな目を見たの初めてなんだけど。夏休みの時でもここまでの目じゃなかったぞ。

およそイチャイチャを考えているとは思えない目で、七海は僕にピッタリとくっついてきた。その手には……妙な力が込められている。

どうしよう、七海にくっつかれてるのに冷や汗が出るんだけど。こうなったから言うわけじゃないんだけど、実はちょっとだけ、ちょっとだけ僕は思っていたことがある。

七海ってもしかして……ヤンデレとかの資質があるのでは？

ヤンデレってのが表現として適切なのかは分からないけど、ちょいちょいそういう場面が出てきている気がする。

「まぁでも、面白いじゃん。ハーレムなんて漫画とかでしか見ないし……」

「そうそう、どーせ噂なんだし本気にしてる人なんてぇ……」

笑いながら音更さんと神恵内さんが続きを発しようとした瞬間、二人は沈黙する。まるで鉛が突然身体にのしかかったような、空気が粘性のある液体になったような。

そんな重さを、なぜか感じていた。

ヒュウッと息を呑み、顔を青くし、冷や汗を吹き出させ、小刻みに体を震わせる。恐怖を感じた時、人は沈黙するというがまさにそれだ。

固まった二人は、視線だけで七海を視界に捉える。

「二人とも……なんか言った？」

「何も言ってません」

おぉ……二人から笑顔が消えた。

こんな表情の二人を見るのは初めてだし、ここまで重圧を感じさせる笑みを浮かべる七海も初めてだ。

二人は視線だけで僕に助けを求めてきたけど、僕としても何かができるわけがなく……。できることは七海を落ち着かせるために、彼女の手を取るくらいか。

僕が彼女の手を握ると、ほんの少しだけ空気が弛緩する。

そのタイミングで、二人はまるで今まで深海に潜っていた人間がやっと水面に顔を出したかのように大きく息を吸い込んだ。

僕もちょっとだけ、ちょっとだけ肩の力を抜いて分からないように息を吐く。七海の本気を見た気分だ……。

それくらい、彼女にはハーレムって言葉が不快だったんだろうな。まぁ、気持ちは分かる気がする。正直、物語なら楽しめるんだけどねハーレム展開。

ただ、現実にそれがあったなら……。

自分に置き換えると、七海が自分以外とそういう関係になってるってのは耐えがたい拷問のようなものだ。

寝取られとも違うけど、それでも嫌だね。許せない。

……そういえば七海って、好きなアイドルとかいるんだろうか。僕はそういうの特にいないけど、漫画のキャラとかで好きってのはいる。

そういうのは果たして、許せない対象とかに入るんだろうか……？

ちょっと話が逸れた、元に戻そう。こういうのを閑話休題って言うんだっけ。

ともあれ、七海も現実のハーレムは嫌なんだろう。だから噂話レベルですら、ここまでの怒りをあらわにする。怒りってよりは、不快感なのかもしれない。

少しでも七海の怒りをなだめないとなぁ……。喫茶店だから撫でたりとかはできないので、手の甲を撫でるか。

一度手を離し、そして指で彼女の手の甲をゆっくりと撫でる。

僕の手と違い、七海の手の甲はすべすべとして滑らかで……触っているだけでとてもキレイだってのが分かる。

引っ掛かりがなくて、いつまでも撫でていたくなる。そんな手だ。

僕がそうやって七海の手の甲に触れると……彼女の身体がピクリと反応する。

皆と噂について討論をしている中で、僕は七海の怒りを鎮めようと椅子の上では彼女の手の甲を撫で続けた。

七海が視線だけを動かして僕をチラチラと見てくるのを視界の端にとらえたので、僕は彼女を安心させるために笑顔を返す。

そう、安心させるように……って思ったんだけど、七海は僕から視線を逸らしてしまった。僕が指先で撫でるたびに、彼女は身体をピクピクと反応させている。

……あれ？　なんか反応が。頬が……赤い？　あれ？

「七海……なんか顔赤いけど、暑いのか？」

「ほんとだぁ。真っ赤じゃんー。風邪～？　帰って寝ないとー」

「え？　いや、これはその……なんでも……」

そう、七海の顔は真っ赤になっていた。頬が高揚して、息もどこか途切れ途切れで、瞳が潤んでいる。確かに、風邪を引いたときみたいだ。

しばらくもじもじとしていた七海だけど、観念したようにぼそりと……このテーブルにだけ聞こえるくらいに小さな声で呟いた。

「よ……陽信が……隣から……えっちなことしてきて……」

「僕ッ⁈」

待って、いきなりとんでもない爆弾が投げられたんだけど。しかも時限式じゃなくてすぐに爆発するタイプ。

向かいの三人の視線が、見たことのないものに変化する。これがゴミを見る目というやつなんだろうか。なんて冷たくて怖い視線……‼

「簾舞お前……さすがに喫茶店で……」

「さすがに引くわ～……そういうのは二人の時にしなよ～……」

「……変態」

どうしよう、三人とも聞いたことも無いくらい低い声になっている。さっきまでの雰囲気とは一変したけど、これはこれで僕に視線が突き刺さって辛い。

七海がそんな認識でいるとは思ってもいなかったんで、僕としては予想外すぎる反応だった。だって頭撫でるのをエッチなこととは言わないでしょ？

だったら手の甲を撫でるのだってエッチじゃない……はず……。

「弁明させてください」

僕はおずおずと手を挙げて、七海に対して行ったことを説明する。七海の手では説明できないので、自分の手を使ってだけど。

ひとしきり説明を聞いた後……。

「……それってエッチなことなの？」

後静さんが首を傾げ、音更さんと神恵内さんは……呆れたようにその意見に同意していた。それに反論するのは七海である。

「えっちなことなの!!　だってなんかこう……優しくふんわり手の甲を撫でられるんだよ……?!　ギリギリ触れたり触れなかったりって距離もあったし……」

「でも触るだけなんだよね？　んー……簾舞君、私にやってみ……」

「しないよ?!」

いきなり後静さんが手をテーブルの上に乗せてきて、僕は反射的にそれを拒否する。さすがに七海以外の女性の手に触れる気は僕には全くない。

後静さんはそれを察して『あ、これもダメか』とすぐに手を引っ込める。だけどその手を掴んだのは七海だった。

「私がやったげる」

「え？」

にっこりと笑った七海が、後静さんの手の甲に触れる。僕が七海にやったのよりもその動きはとても滑らかに見えた。

その指先が後静さんに触れると、彼女の身体がびくりと跳ねる。その反応に構わず、七海はその指先を彼女の手の甲に這わせていった。

後静さんはまるで手を押し殺すように、反対の手で口元を隠している。

ひとしきり七海が後静さんの手を撫で終わると、後静さんはテーブルに突っ伏した。そのまま笑みを浮かべた七海は次と言わんばかりに二人に視線を向ける。

「さ、初美達もね？」

その有無を言わせぬ迫力に押されてなのか、二人ともゆっくりと手を差し出した。隣りでテーブルに突っ伏す後静さんを、どこか恐怖を宿した瞳で見ている。

ただ、二人ともそう思ってはいてもどこか楽観視もしているようだ。少し大げさに反応しているだけ……そう考えて……。

結局、二人とも後静さんと同じ結果になる。

最終的には三人がテーブルに突っ伏すという図で終わった。

「それで三人とも、ご感想は？」

満足気な……まるで慈愛に満ちた聖母のような微笑みを浮かべた七海は、三人に問いかける。その姿は答えが分かり切っているのに答えを求める教師のようでもあった。

思わず、僕も唾を飲み込んでしまう。恐ろしさからなのか、それとも別の感覚なのか、その笑みに背筋がゾクリとしていた。

「これは……エッチなことです……」

「だな……」

「うん……」

そんな馬鹿な。さっきと真逆の意見になっているじゃないか。

酸素を運ぶためになのか、みんな呼吸が荒くなっている。走った後のように息も絶え絶えで、テーブルに突っ伏したまま三人は顔を見合わせていた。

音更さんと神恵内さんにいたっては……今度やってもらおうとかやってあげようとかそんなことを呟いてる。

……総一郎さん達……ごめんなさい。僕は心の中で二人に謝罪した。

掌を返した三人に慄いていると、僕の手に柔らかな感触が触れる。その感触に気付いた瞬間、僕は身体を跳ねさせた。

ゆっくりと視線を落とすと、僕の手に七海の手が重ねられていた。

いつも繋いでいる手。

恋人繋ぎだってしたことのある彼女の手。

それが、僕の手の甲に乗せられていた。

「な……七海さん？」

思わず、昔懐かしい呼び方が口からついて出る。昔と言っても数か月前だけど。あの頃は七海をさん付けで呼んでいたんだよなぁ……。とか感慨にふける間もない。

僕は横目でチラリとテーブルに突っ伏してる三人に視線を送る。それがまるで、これから僕がたどり着く未来の姿のようで……震えた。

その震えが歓喜なのか、恐怖なのか、僕には判断できなかった。

そして七海は僕の手の甲に自身の掌を乗せたままで、僕の耳元で囁く。

「後で……陽信にもやってあげるね？」

優しく、甘く、まるで耳から溶ける様な一言だった。それと同時に、まるで捕食する前の蛇のように七海はチロリとだけ舌を出す。

それを聞いて、その姿を見て、僕はまた震えた。

そして七海はパッと掌を外した。

動いてもいないのに、何かをされたわけでもないのに、僕の呼吸は荒くなる。そんな僕の反応が期待通りだったのか、それとも面白かったのか……。

七海はまるで無垢な子供みたいに、無邪気に笑った。

……女の人って怖いなぁ。勝てる気がしないや。

ただ、さっきまであった怒りとか不満とかそういう重い空気はすっかりとなくなっている。後から何をされるかは……措いておこう。

そんな空気が弛緩したタイミングで、テーブルに突っ伏したままの後静さんが小さく手を上げる。その手が少し震えてるのはまだ色々と余韻があるからなのだろうか。

「はい、琴葉ちゃん」

「はい……」

授業中みたいなやり取りだ。七海に指された後静さんがゆっくりと顔を上げる。他の二人はテーブルに突っ伏したままで、まだ回復していないようだ。

ゆっくりと顔を上げた後静さんは少し頬を染めたままで、僕にチラリと視線を送るとすぐに視線を七海に戻す。

「簾舞君が隠れて七海ちゃんにエッチなことをしてたのは分かったんだけど」

「そこ分からないで」

とんでもない誤解が生まれたんだけど、僕の抗議は聞き入れられずに流される。そのまま後静さんは呼吸を整えながら言葉を続けた。

「噂を払拭するためにこういうこと、学校でやるの？」

「そうだねぇ、陽信とイチャイチャして……」

「停学になるから止めた方がいいと思う」

「そこまでなのっ⁉」

委員長をしている後静さんが言うと、とんでもなく重たく聞こえてしまう。若干大げさな気がするんだけど、隣の二人もうんうんと頷いて同意している……。

七海の指先がそれほどのテクニックを有しているということなんだろうか。やばい、なんかドキドキしてきた。

「とりあえず、二人のイチャイチャはそれだけで校則違反になりそうだから少し抑えて……学校祭二人で回るとかしてみたら？」

校則違反になりそうって初めて言われたんだけど。そんなに有害なイチャイチャをした覚えは無いんだけど……少なくとも、みんなに見える場では。

でも確かにこれだけ気合の入った七海なら、それくらいのことをやろうって言いだすかもしれない。みんなの前でキスとか。

……さすがにそれは無いか。

いくら七海が感極まったとしても、ちゃんと時と場合は考える。さすがに校内でキスとかして、それが見つかったら停学くらいにはなっちゃうだろう。

ならないのかな？　前にチラッとみたけど、校則って割とどうとも取れることしか書いてないからなぁ……キスしたら停学ですとか直接は書いてないんだよね。

後静さんからのその言葉に、七海はちょっとだけ考え込むようなそぶりを見せている。

そういえば、後静さんが気になること言ってたな。

学校祭？　なんだっけ、それ。

「そっか、そろそろ学校祭があったっけ」

「うん、そう。一緒に学校内を回ったら、みんなに見せつけられるんじゃない？」

「確かにそれいいかも!!　というか今年は考えてみたら陽信と一緒の学校祭かぁ、楽しみだなぁ。お祭りは一緒に行ったけど、また雰囲気違うんだよね」

盛り上がっている七海を見て、僕は思わず笑みをこぼす。だけどそれ以上に、学校祭ってなんだっけって疑問が頭にグルグル回っていた。

学校祭……学校祭……そんなのやったっけ……？

いや、学校だから多分文化祭的なものをやってたんだろうけど、一年の時のことなんてほとんどゲームしてた思い出しかないからろくに覚えてない。

「陽信は一年の時なにしたの？」

「え？」

七海に水を向けられて僕は慌てて言葉に詰まってしまった。いや、そんな……えっと……覚えてないんだよね……。なんていえば。

「あ、覚えてないのね……」

ちょっと呆れ気味に七海に当てられてしまった。いや、なんで分かったのって思ったんだけど、それすら七海にはお見通しのようだ。

鼻先をチョンとつつかれて、一瞬顔を下げたタイミングで顔を急接近させてくる。目を覗き込まれて視線を無理やり交差させられる。

何もかもを見透かしたかのように、フフッと彼女は微笑んだ。

「彼女だもん、分かるよー」

「……まいりました」

降参するように両手を上げる。その上げた両手も七海が指を絡ませて取っていった。

なんだかもう、七海には今後隠し事が何もできないんじゃないだろうか。そもそもする気も無いってのはあるけど、それはそれで怖いなぁ。

「……二人っていつもこんな感じ？」

「あー、うん。まぁ、今日はまだ大人しい方かな」

「いつもなら、ここにチューが加わりますねぇ」

その言葉に我に返った。

だけど七海はその言葉を聞いても取り乱したりしない。とても冷静に、静かに僕から離れていった。何だか余裕すら感じる反応だ。

余裕の笑みを浮かべつつ髪をかき上げて、澄ましたように静々と飲み物に口をつけた。

三人もそんな七海に『おぉ……』と感嘆の声を漏らしている。そうなると自然と四人の視線は七海に集中して……。集中……。

あ、七海がプルプルしだした。

「見ないで!!」

顔を真っ赤にさせて、両手で顔を覆う。

あー、うん。逆に安心した。これでこそ七海ってところまである。恥ずかしいのを我慢してたのか、それとも平気だったのに見られて恥ずかしくなっちゃったのか……。

個人的には前者だと嬉しいな。

「えっと……音更さんに神恵内さん……」

「あ……あ、うん。初美でいいよ」

「私もぉ、歩でいいよ～」

「じゃあ、初美ちゃんに歩ちゃん……二人とも、一年の時はクラス一緒だったの？」

「あぁ、うちらは三人同じクラスだったんだよ」

露骨に話を変えてくれた後静さんに感謝しつつ、僕は耳を真っ赤にさせて顔を覆う七海を大丈夫だよとゆっくりとなだめていた。

◇◇◇◇◇◇◇◇◇◇

『キャニオン君、まーたなんか漫画の主人公みたいなことになってるねぇ』

『ハーレム……なんだったら私も入りましょうか？』

何言ってるの、ピーチさん？

久しぶりのネットゲームで、僕はバロンさん達に今日あった出来事を話していた。相談……って程のものではないけど、それでもこういう報告は久しぶりだ。

罰ゲームの時は毎日のようにやってたけど、最近は何か変なことがあるときだけ相談してたからね。

先日の喧嘩っぽいものは、仲直りした時はみんな我が事のように喜んでくれたっけ。

夫婦喧嘩は犬も食わないとか言われたけどどね。

「噂だけだから、そんなハーレムを作ってないから」

『冗談ですよ。シチミちゃんと喧嘩したくないですし』

喧嘩なんてしないに越したことはない。それは前の事件で痛感したことだ。

『でも本当にハーレム作るなら、私ならロリ枠で入れますよねたぶん』

ピーチさんッ?!

反応しづらい言葉だけど、バロンさんはそういう誘惑はよくないよと窘めてくれる。誘惑だったのか今の？

『でもハーレムって、周りから見たら羨ましいけど当人達は大変だって聞くよね』

「そうなんですか？」

『僕も詳しいわけじゃないけどね。同じ男性を好きになっていても、ハーレム内の女性同士は仲良くないのが普通らしいよ』

なんだか怖い話だ。

でも、漫画とかだと割と女性達は仲良かったり……むしろ同じ男性を好きになった女性のハーレム入りを推奨したりって展開を見ることがある。

女性向けも、割と一人の女性を男性皆で守るとか、愛するとか……結構仲良くやってるような印象が多いんだけどな。

「まぁ、仲良いハーレムはあっても少数だと思うよ。そもそもハーレムの一番大変な点は……平等に愛さなきゃいけない点じゃないかな」

「平等……ですか？　でもそれってそんなに大変なんですか？」

「とんでもなく大変だよ。なにせ、全員が平等だと感じなきゃいけないんだ。一人も不満が出ちゃいけない。感じ方の違う全員をだよ」

……あぁ、なるほど。それは確かに大変だ。

僕と七海の一対一でさえ認識のすれ違いがあったんだ。それを一対多で行うとなると……できる気がしてこないな。

やっぱりそういうハーレム系は体験するんじゃなくて見るに限るってことなんだろう。

あくまでもエンターテイメントとして楽しむこと。

……って、なんか話がおかしいな。

『そういうわけなんで、キャニオン君もハーレムを作るときは気を付けてね』

「作りませんよ⁉」

くそう、バロンさんも悪乗りしてた。それと同時に別な人たちからもギャルハーレム羨ましいとか揶揄うようなメッセージが書き込まれていく。

確かに字面だけ見れば羨ましいってなるかもしれないけど、実際はそうじゃないんだし、羨ましがられても……。

「まぁ、僕が女子とばっかりいるのが悪かったんで……これを機に男友達を作ろうかなと」

またもやチームチャット内に羨ましいとかなんだそのぜいたくな悩みはとか、色んなメッセージが書き込まれていく。

仕方ないじゃない、そもそも始まりが七海との関係だったんだから。

『いやぁ、ほんといつも通り順番がめちゃくちゃな感じだねぇ。面白い』

「そういうなら男友達の作り方を教えて下さいよ……」

それを書いた瞬間、チャット内の書き込みが止まった。

あれ？

さっきまでの揶揄うような言葉とか、もしくはそんなの簡単だとかいうアドバイスとかが書き込まれるとか思ったんだけど……。

それからしばらく、無言の状態が続いてしまう。

「あれ？　みんなどうしたんです……？」

戸惑(とまど)う僕に、バロンさんがようやく書き込みを再開する。

『えっと……正直、僕も友達が多いわけじゃないからなり方と言われると非常に困るんだよねぇ……』

『私もこの間まで友達全然いませんでしたから……今いる友達は向こうから話しかけてくれて仲良くなりましたし……』

そして次々に書き込まれる友達が居ないお悩み大会。

うわぁ……なんかみんなの闇を突っついてしまった気がする。みんな友達についてはどうも思うところや考え方が色々あるようだ。

色々と勉強になるけど、やっぱり友達を作るのは難しいんだなって実感する。

彼女なら告白したら今日から彼女……ってハッキリ境目があるけど、友達は友達になってくれって言ってなるものなんだろうか？

もう友達が居たのが遠い昔だから、よく分からなくなってきた。

『まぁ、文化祭的なものがあるならそれを機にクラスのみんなと仲良くしてみるのもいいんじゃないかな。月並みだけどさ』

「やっぱりそうですかね。まぁ、サボっていたツケと思って頑張ってみます」

『頑張ってね。まぁ、高校生男子なんてエロい話すればだいたい仲良くなれるよ』

それはちょっと苦手な分野だなぁ……。エロい話なんて、何すればいいんだ？　普通に挫けそうになっていると、バロンさんから続けて忠告が飛んできた。

『そうそう、エロい話とは言っても彼女とのことは絶対に言っちゃだめだよ。初めての友達で舞い上がって、優先順位は見誤らないようにね』

しませんよッ?!

そう思ったけど、最後の忠告は頭に入れておいた方がよさそうだ。初めての友達で舞い上がる。ありえそうな話だ。

……この後、エロい話という単語に何故かピーチさんが食いついてきちゃって、中学生の教育に悪い話をしてしまったとバロンさんが慌てていた。

うん、本当に気を付けておこう。

◇◇◇◇◇◇◇◇◇

学校祭……いわゆる文化祭のことだ。単にうちの高校では学校祭と呼んでいるだけで、基本的にやってることは文化祭と一緒だろう。

展示、飲食、演劇、バンド活動……色々と生徒が自主的に行う学校を挙げてのイベントだ。飲食は本格的なものじゃないけど、それでもお祭り気分は味わえる。

わざわざ説明するまでもない行事なんだけど、僕が一年の時に参加した記憶をほとんどもってないから改めて確認してみたわけだ。

このイベントは家族も参加できる。というよりも、家族しか参加できない。

現役生徒とその家族だけで、事前に申請が必須。よくある外部の学校の生徒の参加や、学校のOBすら参加できない。

なんでも数年前は外部の人の参加ができていたようなんだけど、昨今の色々な事情から参加をできなくしたんだとか。神恵内さんはこの点だけ不満らしい。

僕と七海が噂を払拭するために計画したのは単純明快で、その文化祭で校内を二人で回るというもの。ただそれだけだ。

みんなと友達付き合いを続けないのもおかしな話だし、噂を払拭するためにはとにかく僕と七海がお互いだけだってのをアピールしていこうと。

ようはアピール不足の解消……ってところなんだろうけど、僕としては一組のカップルのためだけに学校全体が騒ぎすぎじゃないかと思う。

本質的に噂話とか、そういうゴシップはみんな好きなんだなと。もしかしたら僕が知らないだけで、そういう話題を扱う裏サイトみたいなのがあるのかもしれない。

そういうのにはあまり関わりたくないな。

あともう一つは、僕の男友達を作るってことだ。

これについては、学校祭の準備を通して作っていこうってことになった。そうしていく中で、クラスメイトの顔と名前も一致させせないと。

もしかしたら七海と離れることもあるかもしれないけど、それは了承済みの話だ。これで少しは噂もマシになるだろう……ってのが僕等の考え方だ。

そう、たぶんマシになる程度だ。どうしたって、噂が完全に消えることが無いって分かっている。噂が出たってことは、流す人がいたってことなんだから。

真実かどうかよりも、面白いかどうかで決まるのが噂ってやつだ。だからまぁ、対症療法ってやつが限界だろう。僕もゼロになるまで頑張る気は無い。

高校生活はあと一年と半年ほど……。つまりは、卒業までの辛抱だ。少なくとも噂とは違うって人が増えてくれればそれでいい。

それまでの辛抱……なんだけど。

「とりあえず、そろそろ離しませんかね？」

「だーめ、もうしばらくはこうしてるのー」

七海の弾んだ声が僕の耳に届く。彼女は僕の身体を掴んでいる手に力を込めると、自身の身体へと強く押し付ける。

今僕は簡単に言うと……七海に後ろから抱き着かれている。後ろから手を回されて、ギュッとかなりの力を込めて密着していた。

喫茶店で話をしてから数日……七海は二人っきりになるとこうやって僕に抱き着いてくるようになっていた。

しかも狙ってなのか……かなり薄着で抱き着いてくる。今日なんてへそ出し肩出しのシャツに、ショートパンツ姿だ。

「……最近、かなりくっついてくるよね」

「陽信成分を充電中なのー」

なにその成分。というか漫画とかでよく聞くけど実際に聞くことがあるとは思わなかったよ。言われると案外、照れくさいなこれ。

「ほら、文化祭何やるかはまだ分からないけどさ……準備とかで離れる機会が多くなるかもでしょ。その時のために、今から充電するのー」

「その理屈で行くと、僕も七海成分を充電しないといけないんだけど」

「え？　これで充電されてないの？　もっと……凄いのがいいの？」

耳元でエッチだなぁと囁かれてしまう。確かに今の僕は七海を全身で感じ取っているので成分を充電中と言われればその通りだ。

ハーレムの噂が出た時、七海的にはこの姿を常時学校でも展開して周囲に見せつけることを考えていたらしい。

他の人はくっついてないけど、七海だけがくっついてる。

学校では一緒にいる姿や手を繋いでる姿は見せていたけど、こんなベタベタと密着している姿は見せてなかったので、そうすれば噂も無くなるだろうと。

思いとどまってもらえてよかったと思う。

停学……とかは大げさだけど、こんな姿を常時見せていたら別の噂が出ることになるとは思う。少なくともここまで学校で密着しているカップルは見たことがないし。

彼女がいる男子、家ではどんな感じなんだろうか？

こう考えると、彼女の話ができる友達って欲しいかもしれないな。今改めて思えばってことだけど。僕の相談相手って言ったらネット越しのバロンさん達くらいだし。

抱き着き方も多種多様で、この間は腰に腕を回して、その前は正面から胴体に、その前は横から腕に……とか四方八方から抱き着いてくる。

今日は背中越しに、肩から前に腕を回す形で密着してきている。

つまりはまぁ、背中に色んなものが当たっている。普段も当たってるんだけど、今日は特にそれを感じてしまうわけで……。

「……七海さぁ……言うか言うまいか迷ったけど言っとくんだけどさ。色々と当たってるんだけど、その辺はどう」

「だって当ててるんだもん」

今なんて言った。

食い気味で返答がきて、その内容に僕は驚愕する。

当ててるんだもん。

このセリフを実際に、リアルに聞く日が来るとは思ってもいなかった。そして、今まで無自覚にやっていたと思っていたのが、自覚してたのかと戦慄する。

「陽信も、男の子だもんねぇ」

まるで僕の身体に自分の身体を擦り付けるように、七海は自身の身体を揺らす。

一説には背中というのは神経がかなり多く通っており、手や足には負けるがそれでも非常に過敏な器官だというのを聞いたことがある。

本当かどうかは知らないけど、今の僕の状況を考えるとそれも本当なんじゃないかって思えてしまう。

いや、それが本当かどうかは今はさほど重要ではない。

七海が、わざと、僕の背中に……。

「……おっぱい、好きなんでしょ？」

とうとう、その決定的な一言を七海は言ってしまった。いや待って、七海の口からその

単語が出るなんて初めてのことじゃないの？　いや、前に一回あったような？

僕は自分の身体が自分の意思以外で動くような、そんな錯覚をする。

だけどそれを無理やりに留める。これがきっと、理性とかそういうものなんだろう。

「……七海、そういうことされちゃうと……その……僕も我慢ができなくなるよ？」

我慢しながら……僕は限界ギリギリであることを七海に告げる。いやまぁ、これを我慢って言っていいのか分からないけど。

これでちょっとは自粛してくれれば……というのと、僕も男なんだよってことを告げるのが目的だ。

前の展望台デートでも同じようなことはあったけど、あの時はこういう密着状態じゃなくて、お互いに雰囲気が盛り上がって帰りたくなくなって……。

厳一郎さんが居なかったら、たぶん最後まで行っちゃってた気がする。

僕がビビりでヘタレってこともあるんだろうけど、やっぱり高校のうちはプラトニックというか、ちゃんとしたお付き合いとしたいなぁと。

もちろん、したい気持ちもある。ものすごいある。男子高校生なんだから当然ある。

そんな矛盾を今の僕は抱えている。

「んー……まぁ、それならそれで。陽信がしたいなら、受け入れちゃう」

帰ってきたのは予想外の言葉だ。何でそんな覚悟を決めちゃってるの。

僕がビビっていると、七海は回してきた手に力を入れる。僕はその手を思わず手に取って、優しく少しだけ撫でた。

「本音を言うとね、そういうのするの……ちょっと怖いなって思ってる」

「そ……そう……なんだ？」

「うん。前に雰囲気が盛り上がった時もあったけど……こうして冷静に考えている時は、ちょっと怖い」

陽信が怖いわけじゃないんだけどねと、七海は付け加える。

そういう行為自体が怖いし、それが終わった後で関係性が変わるのが怖い、周囲の反応も怖い……様々な要素を怖がっている。

これは性別云々じゃなくて、七海がそう思っているってことなんだろうな。

「だけど同時に、したいなって思う気持ちもあるの。陽信と繋がりたいなってのと……その、しないと嫌われるかなって怖さから」

そんな馬鹿な。

しないと嫌いになるなんてことはさすがに無い。というかそれだと、僕が身体だけが目当ての最低男みたいにも聞こえてしまう。

「そっかぁ……」

僕はそんな彼女の言葉を否定せず、ただ相槌を打つ。

話はまだ続いているから、否定するのも肯定するのもそれが終わってからにしよう。まずは、七海の想いを全部聞かないと。

「我ながら矛盾してるよねぇ。したくないって考え方と、したいって想いが同時に頭の中にあるの。だからこうやって、陽信にくっついてる」

悲愴感を感じさせない、いつも通りの七海のその言葉がなんだか胸にストンと落ちてきた。月並みな言い方をすると、心に響くってやつだろうか。

静かに時間が流れている。二人でのんびりと木陰で空を見ているような、そんな晴れやかな気持ちですらある。

話してる内容が内容なのに、なんだか不思議な気持ちだ。

「だからちょっとズルいんだけど、陽信に委ねちゃおっかなって」

「僕に……？」

七海がこくんと頷いたのが分かった。

「陽信が求めてきたなら、そのまましちゃう……。躊躇うなら、私もそこまでにしておく。そんな感じで、その時の状況を受け入れようかなって」

それは……なんと責任重大な話だ。

ただ、ここでも矛盾がある。七海は僕の行動に委ねると言ったのに、今こうして僕にアプローチをかけてきているのは七海だ。

僕の行動に委ねるなら七海は何もしないで、そのうえで僕の行動に委ねるものなんじゃないだろうか？

「七海のこれは……七海から来てることになるんじゃない？」

「んー……」

小さく唸ると、七海は一度僕から離れる。

そのまま僕の真正面に回り込むと、ぺたんとそのまま床に座った。俗にいう女の子座りってやつだ。下はショートパンツなので、まるで穿いてないようにも見える。

「陽信に委ねるけど、誘惑しないとは言ってない」

ちょっとだけ恥ずかしそうに頬を染めながらも、どこか得意気な表情を浮かべた七海はそのまま照れくさそうに笑う。

誘惑……誘惑してるつもりはあったんだ。

まぁ、僕も誘惑されてるって少しは感じてたけどさ。そのあまりにも堂々とした誘惑宣言に、僕は思わず笑ってしまう。

「えへへ、やっぱりほら……私も一人の女の子だから。彼氏が私自身に……私の身体に興味が無いって悔しいじゃない。だから、誘惑しちゃうの」

「それ、前に僕が言ったことじゃない？　改めて聞くと、随分わがままな話だなぁ」

「女の子はわがままなのー。ほら、わがままボディっていうでしょ」

それはちょっと違う話では。

だけどまぁ、なんとなく分かった気がする。結局、人間の気持ちは複雑で一貫性を持っているようで矛盾してるって話なんだろう。

少し中二っぽい話かもだけど、死にたくないのにたまに死にたくなるような気持ちが出てくるように……相反する気持ちが同居する。

それが今の七海の素直な気持ちなんだろう。

だから、誘惑して、その結果僕が……しちゃおうとしてもそれは僕の選択として受け入れると。あくまでも七海は選択肢を与えている側なのだ。

本当にわがままだけど……その七海に振り回される感じも嫌いじゃない。

「まず一つ言っておくけど、僕は七海とその……エッチなことをできなくても嫌いになったりはしない」

「なにそれ」

「じゃあ、エッチはしなくてもいいの？」

「めちゃくちゃしたいよ。もう、ここ最近は色々とヤバいんだよ。理性との戦いだよ」

「お……おぉ……。改めて宣言されるとちょっと照れるね……」

七海が少しだけ、引きつった笑みを浮かべて……その身体をひねって隠す。隠してるけど……その姿勢が余計に誘惑してるように見えるって気づいてないなこれ。

こうして七海に直接言うのは……初めてなのか二回目なのか。よく覚えてないけど、僕は七海とエッチなことはめちゃくちゃしたい。

いつも無防備にくっついてくるし、スタイル良いからか押し付けられたら柔らかいしあったかいし、なんか良い匂いするし、五感全部が七海に支配されるというか……。

こんなのエッチなことしたくならないわけがない。

「陽信……あの……全部声に出てるから……勘弁して……」

「あ、ごめん……つい」

しまった、声に出してたか。いやまぁ、改めて宣言しちゃったけど……。

「そのうえで……まだちょっと、ちょっとだけ我慢するよ」

「そうなの？　別に我慢しなくても……」

「僕も矛盾してる気持ちあって、したいけど……まだちょっと……色々と怖いなって思ってる自分がいるんだよね」

「そうなの？」

いやー……まさか七海とこういう話をガッツリするとは思っていなかった。暑くもないのに変な汗（あせ）が出てきてしまう。

でもね、きっとこういう話をするのも……大事なことなんだと思う。

前にバロンさんにも言われたっけ。女の大切と、男の大切は違うって。

身体を求めず、精神的な繋がりを重視する。それが僕のイメージしていた大切にするってことだ。だけどさっきの話の通り……七海は僕にそれを委ねた。

つまりは、七海も興味はあるけど自分から来るのは照れくさかったり、気後（きおく）れしたりしているってことだ。

だから僕も、今の気持ちをちゃんと伝えようと思った。

「正直ね、七海をその……抱いてもっと色々と関係を深めたいってのはあるよ」

「抱っ……!?」

直接的な表現をしてこなかったけど、僕はここで初めて『抱く』という単語を使った。

七海もぼかしてた部分を耳にして、さらに頬を紅潮させる。

がんばれ僕、最後まで自分の気持ちを伝えろ。

「実はかなり前に、クラスの男子から聞かれたことがあるんだよね。そういうことをしたくならないのかって」

「……き、聞かれたんだ。その時はどう答えたの？」

「七海が傷つくならしたくなっても我慢できるって言ったかな。うろ覚えだけど」

その時は、そう思っていた。

「じゃあ、私が傷つかないなら……し、したいんだ……」

「う、うん……」

そこで、僕等の間に沈黙が流れる。お互いに赤面して汗をかいてしまう。少しだけ俯いているからか、相手の目をなかなかまともに見られない。

「今は状況も変わってて、じゃあ……って想いは当然ながらあるんだけど、それと同時に、その……失敗したらどうしようって気持ちが強いんだよね」

「失敗……なんてあるの？　え？」

「うん、まぁ……詳しくは省くけど、失敗ってあるんだよ。ある」

……正直に言うと七海とそうなった時のために色々と調べたんだ。

しょうがないじゃない、七海が彼女なんだよ。色々と調べとかないといざって時に恥をかかせちゃうかもしれないじゃない……！

ただまぁ、調べたら調べるほどに……不安も大きくなったけど。それが失敗の可能性ってやつだ……。主にこれは、僕の問題だ。

「七海の身にかかるリスクとか、七海を大事にって考えもあるにはあるけど、結局はおためごかしなんだよね。僕は失敗して……七海と気まずくなるのが怖い」

だから、自信がつく前は……七海を抱くことはしない。

それが今のところの、僕の結論だ。

「そっか……」

七海をがっかりさせたかなと思ったけど、彼女は僕の隣に座ると僕の頭を優しく撫でてくれた。まるで子供に対する母親のように。

いい子いい子ってされてるときみたいで、照れくさいのに気持ちいい。

「あーあ、でもそっかぁ……陽信はエッチなことをしないのかぁ……。こんなにウェルカムな彼女がいるのになぁ、残念だなぁ」

七海は撫でながら、ちょっと茶化すように笑みを悪いものに変化させる。僕を撫でている手とは逆の手で自身の胸を持ち上げて、僕に見せつけた。

優しいのか、煽ってるのか、どっちかにしてほしいものだ。

「我慢できなくなったら、いつでもいいからね？」

ニシシと笑いながらする誘惑に……僕の中の対抗心というか、悪戯心が芽生えてきた。

つい先日に芽生えたばっかりの、好きな子をいじめたくなる心。

だって七海、僕が抱かないって言ったからある意味で安心して僕を挑発してきてる。言った傍からなら、やらないだろうって。

……だから僕も、さっきのとは違う一つの覚悟を決めた。

どうしようか迷ってたけど、こうも言われたら男が廃る。

「何言ってるのさ、七海」

「え？」

「僕は七海を抱くのはまだしないって言っただけで……エッチなことをしないとは言ってないよ……!!」

我ながらとんでもないことを言っている自覚はあるけど、今の七海に対抗するためにはこれくらい強気で行かないといけない。

押されっぱなしではいられない。

「ええぇぇぇぇぇエエエエエエぇぇッ?!」

ビブラートを利かせた悲鳴を七海が発して、それが合図であるかのように僕は……内心をおくびにも出さないように強気に行く。

「いいかい七海、本番を失敗をしないためには何をすればいい？」

「え？　本番のためには……練習だよね……」

「そう、練習。練習なんだよ、練習はたくさんする必要がある」

「っ⁉　え、え？　……ま、まーさーかー……ッ⁉」

七海が息を呑むのが伝わってきた。

「そう、練習を沢山するってことは全部する……ってことだよ！」

言ってしまった。

いやまぁ、どこまでするかってちゃんとラインは考える必要はあるけど、それでもその……えっと……することはしようと思う。

いくつかその理由はある。

まず一つ……実は失敗しないための練習ってのは本当に大事らしい。それはいざって時に緊張しすぎないようにってことがあるらしい。

お互いにリラックスできるのは重要だろう。それには場数を踏むのが一番だから、色々とそういう雰囲気の練習はしていく。

……男ってのはまぁ、色々と繊細なので。

もう一つは、変な話……ここで本当に何もしないよって宣言は後々禍根になりそうだなって思ったからだ。

漫画とかだとよくある話だ。大事にしすぎて、何もしな過ぎて、魅力が無いんじゃないかって相手に勘違いさせちゃうこと。

それを絶対にさせないため。僕は七海に今の宣言をしている。七海はものすごい魅力に溢れているからそんなことで思い悩む必要はない。

それを言葉だけじゃなく行動で伝えるために……僕は七海に色々とする。

そして最後は……本当に僕がしたいから、ただそれだけだ。

僕だって健全な高校生男子だ。人並みに性欲だってあるし……というか、七海のおかげで性欲が復活したみたいな感じだけど、そういうのに興味はある。

我慢しすぎたらどっかで暴走する。だから、適度に七海に触れたい。だから色々する。

不純異性交遊上等だ。ただし、バレない範囲で。

許されるラインについては、これから色々と見極めないといけないけど。

「……れ、練習……練習……練習しちゃうの……?!」

七海は練習という単語を繰り返し呟いていた。正直に言うと、この状況はクッソ恥ずかしい。もうね、さっきより汗がダラダラ流れてて手が震えている。

テンションに任せて何を言ってしまったんだって気持ちも強い。でも、後悔はしてない。

してない……と思う。

聞くのは一時の恥、聞かぬは一生の恥という諺がある。

今の状況には少し則さないかもしれないけど……これは知らないで過ごすことは、その時に無知を晒すより恥ずかしい。そんな意味の諺だ。

きっと、何事もそうだ。今恥ずかしいけど、恥ずかしくなって後悔するよりは良いと思っておこう。

僕と七海がそれぞれの葛藤をしていたら、おもむろに……七海が場所を移した。

ベッドの上で正座をして、背筋をピンと伸ばして、太ももに両手を軽く置く。

思わず僕も、七海の前で同じように正座する。ベッドの上で二人正座するって奇妙な光景がそこにはあった。

七海は深呼吸すると、とても真っすぐに力強い瞳を僕に向けてきた。

少し僕が気圧されると、七海は太ももに置いていた手をゆっくりと前に伸ばす。そして、そのままベッドの上に三つ指をつけると軽くお辞儀をした。

「不束者ですが……よろしくお願いします」

その丁寧なお辞儀に、僕も呼応するように三つ指をついて頭を下げる。

「こちらこそ、よろしくお願いします」

改めて挨拶するとなんだか照れくさくて、僕等は頭を上げてから思わず笑いあった。

だけどそれで終わらないのが今日の七海だ。ベッドについてた三つ指をそのまま胸のあたりに持ってくると、小首を傾げて問いかけてくる。

「じゃあ……今日から早速練習する？」

僕はその言葉に、お辞儀したまま固まってしまった。

自分から言い出したことだけど、こう改まって言われると緊張してしまう。しかし……男に二言は無い。無い方が望ましい。

とりあえず……。

「ま……まずは触れるところから、やってみようかな」

「それ、後退してない？」

確かにそうかもしれない。だけど、今の気持ちだとそれからやらないと結構厳しい気がする。いろんな意味で。

ゆっくりと伸ばした手を七海に触れさせようとして、なぜかひっこめる。肝心なところでヘタレた。あれ、僕って今までどうやって触れてたっけ？

改めて意識すると途端にできなくなると手を出したりひっこめたりしてたら……。

七海がキレた。

「ええい、揉むくらいしなさぁいッ!!　私が見本を見せてやるぅ!!」

「ちょッ⁈　七海、落ち着いて!!」

そして、激高した七海に僕がもみくちゃにされる結果となってしまった。

……まだまだ先は遠そうです。

「あっ……。んっ……そう、そこ……そこ気持ち……」

「こ、こうかな？」

「うん。陽信、初めてなんだよね？　すっごく上手だよ」

今私は……陽信に揉まれてる。

肩を。

わざわざ倒置法で言ってしまった。他意は……あるか。無いと言ったら嘘になるからあえて言っちゃう、他意はある。

ふざけて私が色々と陽信の身体に触れてたら、ふと思い立ってしまった。そういえば今ってベッドの上だったなって。

揶揄ったりはしゃいだりしている時は平気なのに、意識したら途端に恥ずかしくなっちゃうのってなんでだろう？

内心が外に漏れないように、私は意識的にはしゃいで陽信の身体をさらに触ったり、揉んだり、撫でたりする。

陽信って筋肉質なんだけど、そこまで身体が全体的に硬いわけじゃない。そりゃ、私に比べたらはるかに硬いけど、それでも柔らかいところは柔らかい。

お父さんの身体ともちょっと違う、不思議な感触。

前にもお腹を触ったことはあったけど、こうして全身を触るのはあんまりしたことがなかったから、どんどん触れたくなっていく。

というか、触った時の反応がすごくいいんだよね。

お腹をくすぐった時には身を悶えさせ、首を触った時には声を出し、足を撫でてみたらビックリして、胸を揉んでみたら恥ずかしさからか赤面する。

正直……男の人が女の子の身体に触りたがる気持ちが、ちょっとだけ分かったかも。反応が楽しい。

もしかしたらこれが、好きな子に対して意地悪なことをしちゃうってやつなのかも。私ってそういう経験無いから、ちょっと遅めの芽生えだ。

もしかしたら陽信も、そういう感覚あるのかな。

陽信に意地悪される……ちょっといいかも。変態みたいな考えだけど。

……私のことはいいの。今の状況についてだ。

「七海、かなり肩凝ってるよね。やっぱり勉強とか頑張ってるから？」

「んー、一番はおっぱい大きいからじゃない？」

「……いや、そう言われても僕はそれにどう反応すればいいのさ」

「えっと……今後は僕が支えるよとか？」

「そんな最低な支える宣言、聞いたことないよ」

確かに、言われてみれば最低だね。支えるってどうするんだろ、実際に持つとか？　どうやって？　下から？

それにしても陽信の肩もみ……これかなり気持ちいいから、たまにやってくれるだけでも支えてくれることにはなりそうかな。

そう、肩もみだ。私が陽信の身体をたくさんいじって、じゃあせっかくだから陽信にも練習をしてもらおうってことになった。

どこを触るか。

最初は、私が触ったところと同じところを順番に触ったり、撫でたり、揉んだり……とかしてもらおうかなと思ってたんだけど……。

陽信が恥ずかしがって、私も恥ずかしくなってしまった。

でも練習はしてもらいたいなって……。私が陽信に触れてもらいたくなっちゃって、どこなら平気かなって聞いてみたんだよね。

そして陽信が選んだのは、肩だった。

正直言うと『肩かぁ……』ってなったんだけど、これが予想外に気持ちいい。

手当って……手を当てるから手当って聞いたことがある。陽信の肩もみはまさにそんな感じだ。手当してもらってる感じがする。

……気持ちよくて、安心するなぁ。

「肩もみなんて、子供の頃に父さんにして以来かな」

「最近はしてあげてないの？　してあげたら喜ぶと思うよ」

「高校生になってそれは、ちょっと照れくさいなぁ」

自分がしている姿を想像して照れちゃったのか、陽信は手の指に変な力を入れる。それが私の……肩を刺激して、ちょっと変な声が出ちゃった。

思わず出てしまった声に私自身がビックリしてしまう。

とっさに両手で自身の口元を覆い隠すけど、別に声が出た事実は消せるものじゃない。

陽信も揉んでいた手を止めてしまって言葉を失っている。

「ご、ごめん……。力強かった？」

「あ、いや、うん大丈夫大丈夫なの。ちょっとビックリしただけ」

「ほんとに？　痛くなかった？」

「うん、痛くなかった、痛くないよ」

　本当に、全く痛くはなかった。確かにびっくりはしたけど、それはむしろ痛いとは真逆の感覚というか……。

　肩を揉まれてるだけなのに、まさかこんな感覚を味わうなんて。

「陽信、お願いがあるんだけど……」

「お願い？　七海のお願いなら喜んで聞くけど……」

「もう一回、今のやってみてくれない？」

「へ？」

　あぁ、陽信がまた沈黙してしまった。いや、変なことをしてもらおうとかじゃなくて、純粋(じゅんすい)に今の感覚が何なのか知りたいなって思って……。

　なんだか旅行前の夜みたいに、ドキドキしてる。楽しみなような、怖いような、少し不思議な感覚。

　静かだから、自分の心臓の音が聞こえてきて……自然と身構えてしまう。

「えっと、じゃあ……やってみるね？」

「うん」

陽信の肩もみが再開される。だけど……陽信がさっきと同じようにやってもあの感覚を味わうことはできなかった。

身構えてるからダメなのかなぁ？

「どうかな」

「んー、気持ちーよー。さっきの変な感覚はなんだったんだろ」

「偶然ツボ突いちゃったとか、そんなのかな」

偶然かぁ。それならちょっと再現は難しいよね。仕方ないか……。あの感覚の正体は今後、どっかでまた来た時に確認するとしますか。

それからしばらく、私は陽信に肩を揉み続けてもらった。

「あー、気持ちよかったぁ。心なしか肩が軽い気がする」

「クルクルと腕を回すと、いつもよりも楽に動かせている気がする。前後に回して、肩を背中に回して両手をくっつけて……。

おぉ、できるできる。

「七海、身体柔らかいんだねぇ。僕それできないんだよ」

「そうなの？　じゃあ、今度は私が陽信の肩を揉んであげようか？」

「そんな肩凝ってる自覚はないんだけど……凝ってるのかなぁ」

「じゃない？　私だって、肩以外もけっこう凝るよー。肩だけじゃなくて胸も凝るし」

「……む？」

陽信の動きがぴたりと止まってしまった。

「あれ？　これ言ったことなかったっけ？」

「初耳……です……」

あれぇ？　誰かには言った覚えがあるんだけどなぁ……。胸おっきいから、胸も直で凝っちゃうんだよね。だからたまにマッサージしたりする。

陽信に言ってなかったとしたら……初美とか沙八とかに言ったのかな。

まぁ、いっか。

「おっきいと胸も直で凝ったりするからたまに辛いんだよねぇ……。そこから首とか肩とか、下手したら背中まで痛くなるし……」

「そ、そうなんだ……」

「ほら、この辺とか……」

「説明するの⁉」

よく凝る場所を陽信に解説してみようとしたら、見事なツッコミが入った。そのまま陽信は珍しく、半眼で私にジッと非難するような視線を送ってくる。

ちょっとからかい半分だったのがバレたのかもしれない。

「ほら、これから先……練習するなら私の身体に触れるじゃない？」

「それは……確かにそうだけど……」

「だったらほら、いつかは私の胸の凝りも陽信に解消してもらえたらなぁって……」

陽信の視線が私の胸に来る。久々の、彼(かれ)の視線だ。最近だと水着姿の時とかいろんな場面では感じてたけど、部屋だと久しぶりかもしれない。

私はその視線を受けて、胸を強調するように両手で寄せる。

「七海は……」

「ん？」

陽信のおずおずとした物言いに、私は首を傾げて彼の目を覗(のぞ)き込(こ)む。彼の眼は少し揺れ動いているけど、それでも私の瞳を見つめ返してきていた。

それが何だか嬉(うれ)しくて、自然と口元が笑みの形になるのが分かる。

「その……改めて聞くけど、七海は僕にそういうところを触られるの……嫌(いや)じゃない？実はとか、無意識でとかのレベルで」

「んー、難しい質問だなぁ」

触られて嫌……ってのは今のところは無い。だけど、意識してないところではどうなんだろうか。さっきまでの興奮状態じゃなくて、冷静になって改めて考えてみよっかな。

私は彼の手を取り、そのまま自身の頬に持ってくる。冷たくひんやりとした感触が心地いい……。って、めっちゃ冷たいんですけど。

え？　さっき肩もみしていた時とは全然違うんだけど……。一段落ついて、安心したらってやつなのかな。それとも緊張して？

「うん、大丈夫だよ。でもさ、陽信……今更じゃないそれ？」

「今更って……確かにさっきも聞いたけど」

「じゃなくて、もう水着でオイル塗ってるんだから……肌にはたくさん触ってるじゃない」

あっ……と、陽信の小さく呟いた声が聞こえてきた。

忘れてたわけじゃないんだろうけど、そういう行為で触れるのと、海に入る前に必要だから触れたことは彼の中では結びつかなかったんだろう。

かくいう私も、つい今しがた思い出したし。

「確かに……」

「えへへ、肌と肌との触れ合い済みだったねぇ……」

陽信もあの時のことを思い出したみたいで、ちょっとだけ赤面していた。また行きたいねぇ、海。今度は最初っから、喧嘩しない状態で。

それは来年かなと思いつつ、私は陽信の身体に抱き着いていく。

そしてそのまま……ベッドに二人で倒れこんだ。

「せっかくだしさ、これからは二人っきりの時にはマッサージもお互いにしよっか。色んなところの凝りもほぐれるし、触れる練習にもなるよ。練習は大事だよ」

「マッサージかぁ……それなら直接的なのよりは恥ずかしくないかな」

「私の全身、恥ずかしがらずにほぐしてね？」

「善処します……」

こうして私と陽信の定番行事に、マッサージが加わることとなった。

これで私も……堂々と陽信に触れられるなぁ。さて、今度はどこを触っていっちゃおうかな。

人生は練習と本番の繰り返しだ。生まれてから歩く練習、走る練習、自転車に乗る練習……自身の五体を扱うのも最初からうまくできたわけではない。

ぶっつけ本番という言葉もあるにはあるけど、あれはきっと、日頃から練習を積み重ねている人が唐突に訪れる本番に挑むときに使うものだろう。

もしかしたら何も練習をしてないのに、ぶっつけ本番で何かを成せる人を天才と言うのかもしれない。

一を聞いて十を知るならぬ、ゼロから十を知る。それが……才能なのだろうか。

あいにく、僕は凡人も凡人なので練習というものはとても大事だ。ぶっつけ本番で何かをできる人間だとはとても思えない。

今思えば七海と付き合ってた最初の頃、バロンさん達との相談が練習になっていたんだろう。だからあれも、ぶっつけ本番とは程遠い。

事前に相談して、シミュレートして、そして本番に臨む。

練習不足だったから本番で色々とやらかしてたけど……それでも僕にしてはうまくやってきた方だろうな。

……とまぁ、僕がこんな風に教訓めいたことを考える時って、だいたいは我が身にそんなに立派じゃないことが起きてる時な気がする。

他人から見たら非常にありふれた、くだらないことと言い換えてもいいかもしれない。それでも僕にとってはくだらなくはないし、当人たちは非常に真剣だったりする。真剣に……いや、真剣に考えてもイチャイチャしてるだけかもしれないけどさ。

なんせ七海の身体とか、そういう行為に慣れる練習なんだから。

それはいつか必ず来るであろう、七海との関係を進めるためにも重要なことではあるけれども……少なくとも大っぴらに言える内容じゃない気もする。

考えても見てほしい、面接とかで何を頑張りましたかと言われて彼女とイチャつくのを頑張りましたって答える姿を。

どんな面接も落ちるよね。まぁ、人には言わないけどさ。

「練習……練習かぁ」

練習の成果を確認するかのように、僕は肩を揉んだ時の手の形を作る。

あれから振り返ってみたんだけど、僕が七海に触れた場所はそう多くない。顔に触れ、手を繋ぎ、背中にも触れた。なんだったら、お腹だって触った。

肩を揉むのは、たぶん初めてだ。

見た目とは裏腹に……七海の肩はかなり凝っていた。てっきり肩が凝るとはいっても柔らかいのかなとか思ってたら、想像以上だった。

七海の身体にこんなに硬い部分があるのかと、ビックリしたくらいだ。本人には言ってないけど。

その驚きもあってか、七海の肩を揉むという行為はすんなりできたと思う。色々と声を聞いたりなんだりでこう……誘われた感はあったけど、できたと言い切っておく。

そして僕等は、今後もお互いにマッサージは続けていこうねって約束をした。

それはいい。あまり教育的にはよくないかもしれないけど、このまま練習を進めればきっといざって時の自信になるだろう。

……問題は別な方にあったりする。七海との練習をするようになって、もしかしたらそっちの方も練習した方がいいのではと思うことができた。

友達の作り方である。

いや、ほんとどうすれば男友達って……というか友達ってできるの？　ってくらいになんもできてないんだよ。

世間話はできている……と思う。話しかけられたら受け答えできるし、朝の挨拶とかもできる。帰りとかもできている。

だけど、自分からは話しかけられない。

なんかこう……何を話せばいいんだってなる。いきなり天気の話とかしてそれ以上会話が続かなかったこともある。

改めて……自分のコミュニケーション能力の低さってのを思い知らされた。

たぶん、そうなってる原因の一つに、僕の中にある『友達を作ろう』って気持ちがどこか不純なんじゃないかって考えがあるからかもしれない。

そもそも僕が友達を作ろうって思ったのは噂が原因だ。ハーレムの噂を払拭するために友達を作ろうって考えて……。

それはつまり、友達を利用しようとしているってことじゃないだろうか。

友達は作ろうと思って作るものじゃなく、自然とできているものなのではないか。本来の友達とはそういうものでは。

そんな考えがあるから気後れするんだろう。言ってしまえば罪悪感だ。

……そんなことは友達を作ってから言えって気持ちもあるけど。

「難しい顔してぇ、どうしたの陽信ー」

「ぐぇっ……」

そんなことを考えて無言になってたら、七海に後ろから抱き着かれた。

「いやぁ……友達ができないなぁって……」

「まだ悩んでたのそれ?!」

驚かれた。

いや、まだと言われても僕にとっては目下の悩みの種なんだよそれが。七海は僕に抱き着きながら前後に揺れる。

そんなことを考えるならかまえーって言いながら、七海はまるでおんぶをせがむように僕に体重を預けてきた。

とりあえずこのまま移動しようか。僕に抱き着いた七海を、ズルズルと引きずるようにして僕は歩を進める。

それが楽しいのか、ななみはきゃあとか言いながら笑っていた。

「というか、友達ってすぐできない?」

「うわっ、余裕の発言きたよ」

僕が椅子に座ると、さすがに七海は僕の背から離れた。最初は机の上に座ろうとしたんだけど、さすがにそれは色々と見えてしまうので止める。

そういえば七海を最初に意識した時も、教室で机の上に座ってたっけ。意外と七海ってそういうこと好きなんだろうか。

「ちなみに今、何しようとしたの？」

「机に座って、足を陽信の肩にかけようかなって」

「うん、絶対にダメだね」

いわゆる肩車（かたぐるま）みたいな姿勢を想像したんだけど、さすがにそれはまずい。一回やってみてほしい気もするけど今はダメだ。

「友達って……どうすればできるのさ？」

「え？　意識したことないけど……一緒（いっしょ）に遊んだらもう友達じゃない？」

やっぱり強者の発言じゃないか。

僕にはそれがハードル高いんだけどなぁ……。なんか『ね？　簡単でしょう？』っていうセリフと共にとある映像が浮（う）かんでしまう。

簡単ではないんですよ。

これも地道に練習あるのみなのだろうか。でも練習ってどうすれば……。

「うーん、私の友達紹介（しょうかい）してもいいけど……女友達しかいないからなぁ……」

「それは……ダメじゃない？」

「私、男友達いないから」

「それは……僕的にはそのままでいてほしいかも」

彼女から女友達を紹介されるってどんな彼氏だ。男友達を紹介されるよりはモヤらなくていい気もするけど……それでもアウトだろう。

何より、変な噂が出ている段階でそれは悪手でしかない。そう思ってたら……。

「まぁ、陽信に私の友達は紹介できないか……私以外に、陽信を好きになる娘が増えても嫌だし……」

そんな可愛いことを言われてしまった。大丈夫、僕が好きなのは七海だけですからと思わずここで抱きしめそうになる。

なるんだけど、それは直前で思いとどまった。

「お前ら……ここ教室だぞ……」

どこからともなく聞こえてきた、そんな言葉で。

僕も七海もお互いに顔を見合わせて、照れくさそうに目を伏せる。

そうでした。昼休み中で人が少ないけど、ここは教室でした。変なことを考え込んでいたからすっかり忘れてた。

いや、さっきまでは確かに少なかったはず。人が増えてるってことは、もうすぐ昼休みも終わりってことか。

周囲に少しずつ人が増えてて僕等に視線を送っている。どこか温かい視線だったり、嫉妬混じりの視線だったりと様々だ。その視線が、ますます僕等を照れさせる。

「つ、続きは家でしよっか」

「そ、そだね。そうしよっか」

その一言にも、続きって何をする気だって一部から反応が返ってきた。いえ、何もできないです。何もできないから色々やってるんです。

……もしかしてこれって練習の弊害だったりするんだろうか。距離が近くなったことで、見境がなくなるというか。今後の課題かもしれない。

そんな形で練習の大切さとか大変さとかを色々と感じた僕だった。

ちなみにというか、これは後から聞いた話なんだけど……七海の『男友達いない』発言を聞いて、七海と仲がいいと思っていた男子は何名かショックを受けたとか。

それは僕にとって、そういう方面のショックもあるのかと少し勉強になる話だ。

でもごめん、七海に男友達は……しばらくはいいかな。そんな束縛系彼氏みたいなことを思ってしまう僕でした。

◇◇◇◇◇◇◇◇◇◇◇

「それじゃ、ホームルーム始めます。今日の議題は……学校祭で何をするかです」

教壇に二人の人物が立っている。一人は男子で、もう一人は女子……後静さんだ。後静さんがギャル化して初めての生徒主導のホームルームが始まった。

みんなちょっと戸惑っているのが空気で分かる。

しかし、見た目がギャル化しても後静さんはかなりクールな感じである。これがいつも通りだったのかはよく覚えてないけど、いつも通りの姿な気もする。

「何がしたいとか意見ありますか。とりあえず、参加する分類はこんな感じです」

そんな教室の空気や、クラスメイトの好機の視線に気づいているのかいないのか、気にした様子の無い後静さんの進行でホームルームは静かに始まった。

余談だが、うちの学校の学級委員は、男女で一人ずつの二人いる。そこで意気投合してカップルになる男女もいるんだとか。

もしかしたら隣の男子はそれを意識してるのかも……後静さんをチラチラ見ながら頬を染めている。ちょっと動きもぎこちない。

「？　どしたの？」

「あ、いや、なんでもない」

首を傾げた後静さんに慌てた男子は、そのまま黒板に分類を書いていく。喋るのは後静さん、板書は男子のようだ。

分類は大きく分けて四つ。ステージ系、飲食店系、展示系、イベント系だ。

一番人気なのはイベント系、次いで飲食店系で、逆にあまり人気がないのはステージ系だ。いや、人気がないというのは少し言い方が悪いか。

ステージ系は準備も大変だし、皆の前で披露するって点でハードルが非常に高い。練習とかも大変だろうし。

練習……ここでも練習だ。

なのでまぁ、毎年イベント系に人気が集中してしまい抽選がされることもあるとか。外れたクラスは別なものになる。

抽選にならないものもあるけど、お化け屋敷なんて毎年必ず抽選になるらしい。それくらい大人気のイベントだ。

だからなのか、ステージはほぼ第一候補じゃなくて、いっても第二候補どまり。最初からやる気に燃えてステージを選ぶのはそういう部活の人たちくらいって話だ。

僕なんかは全クラスが希望通りのをやればいいじゃないとか思うんだけど、どうもそういかないらしい。難しい話だなぁ。

授業が無いから適当にサボる生徒もいるし、お祭り好きな陽キャ軍団は積極的に参加するし、僕のような陰キャ系は適当に参加してお茶を濁す……。

そんな様々な人が参加するイベント、それがうちの学校の学校祭だ。どこもそうかもしれないけど。

とまぁ、知った風なことを言ってるけど全部七海からの聞きかじりだったりする。

一年の頃の学校行事とか全然覚えてないんだよ……。一年の時はたぶん……展示とかやったんじゃないかな。なんか適当なの……。

だからまぁ、やる気のない部類のクラスだったんだろう。

七海達、何やったんだろ？　確か前に動物喫茶とか……あれは違うクラスの友達がとかの話だったたか。

僕と七海の席は離れてるので、こういう時に話ができないのがちょっと辛い。盛り上がる話題があっても後になっちゃうからなぁ。

……今度の席替えでは隣の席になれるといいな。

「さてさて、何やるか希望ありますかー？」

こういう時、最初に発言する人ってのは緊張するものだ。なので必然的に誰もが沈黙し、誰かが最初に発言するのを待ってしまったりする。

別に最初に発言したからって何かが変わるわけじゃないんだけど、僕もそういうのは緊張する質なので気持ちは分かる。

僕の場合は、希望も何もないから沈黙してるってのもあるけど。

妙な緊張感と張りつめた空気で教室内が異様に重たい雰囲気になる。その妙な空気は、まるで早打ちのガンマンが銃を抜く前のような気持ちになる。誰が最初に……。

その沈黙は、意外な人物から破られた。

「みんな、ちょっと聞いてくれないか」

板書していた男子委員長が、まるで教師のように教壇に両手を置いて口を開く。自然と皆の視線は彼に集中する形になった。

沈黙はさっきと意味を変えて、委員長が何を言おうとしているのかを待つものとなる。

皆さんが静かになるまで……と言うまでもなく教室内は静かだ。だから委員長が何を待っているのか分からないけど、彼は何かを待っているようにも見えた。

目を閉じて、深呼吸して……そして再び言葉を紡ぐ。

「ステージ……やらないか？」

自分で書いたステージの文字に、赤いチョークで丸印を付ける。

みんな口に出さないが、なんでわざわざという表情になった。なんだか、さっきとは別な意味で重い空気になってしまう。

「どうしてそう思ったの？」

そんな空気なんてどこ吹く風といったように、後静さんが相棒である委員長の言葉を続けさせようと呼び水を向ける。

確かにそれは……少なくとも僕は聞きたかったことだ。

「これは俺の、ごく個人的な感情だ」

そう前置きをした後、彼は強く握った拳をまるで見せつけるように胸に掲げた。

「……高校二年の学校祭、青春の思い出が欲しいんだよ俺は」

思い出？

僕は思わず首を傾げてしまう。見れば僕以外の何人かも首を傾げて頭上に疑問符を浮かべている。七海も同様だ。

「学園祭は高校生活で三回しかないんだ。でも俺は一年の時、やる気ない写真展示だけで終わって、何の達成感も無かった……!!」

まるで叩きつけんばかりの勢いで拳を振り上げる。けど、教壇の上には非常にゆっくりと下ろしたのでドンという音はしない。

「だから二回目の今回、今回は反省を活かしてみんなで青春できるものがやりたい！　同窓会をやった時にそんなことをやったねと笑いあえる思い出が欲しい！」

同窓会とか、すごい先の話が出てきた。卒業後の話よりもさらに先だよねそれ。

でもなんだろう、話を聞いていると……柄にもなく僕もなんだか拳に力が入ってくるような気が……。いや、気づけば実際に拳を握っていた。

「でも、なんでステージなの？　それなら飲食とかイベント系でも……」

「それは人気が高いから、競争率が高いだろ。だったら毎年確実なステージを第一希望にしておいて、先に準備をしておきたいんだよ」

「展示は……一年の時にやったからやりたくないのね」

その言葉に、男子の委員長はうんうんと頷く。

「非常に個人的な理由で申し訳ない。けど、俺は青春がしたいんだ……!!」

なるほどなぁ……。確かに、僕も一年の時に思い出となるようなものはほとんどない。だけど、それで二年の時にはなんて思いもしなかった。

だから気持ちが分かるわけじゃない。だけど、さっき僕はその言葉を聞いて柄にもなく熱い気持ちを持ってしまったのは確かだ。

それに……七海との思い出を作るのにステージってのはいいのかもしれない。

まぁ、僕は裏方とかだろうけど。

「どう……かな？」

不安げな言葉が教室に響いた。

それを機に、にわかに教室が騒がしくなった。みんなが思い思いに喋り始めたからだ。

ただ、騒がしくなったと言っても小声なので何を話してるかは聞き取れない。

ガヤガヤと、ザワザワと、そんな音だけが耳に響く。

僕が周囲を見回すと、七海と目が合った。

七海はどう思ってるのか、僕は指を立ててどうするってことを聞こうとジェスチャーしてみると、伝わったのか七海は指で丸を作る。

肯定しているようなその笑顔を見て、僕の中でもさらに気持ちに火が入る。

今から僕は、普段なら絶対にしないことをする。

だけどなんか、ここで行かないと……後悔するような気がした。

「僕は、それに賛成……かな」

教室の視線が、僕に注がれた。

言ってしまった。らしくもない言葉を、僕は口にしてしまった。まさかこんなに注目されるとは思わなかった。経験したことのない視線だ。

だけど、賽は投げられてもう後戻りできない。一度出した言葉は取り消せない。後悔するくらいなら最初から言うなって話だけど、それでも少しだけ口にしたことを後悔する。

それでも僕は、続きを口にする。

「えっと……僕も、せっかくならいい思い出を作りたいなって……思っただけで……。はい、ごめんなさい……」

せめて最後まで言い切れ僕。後半完全に言葉が尻すぼみで、だんだんとフェードアウトしていってるじゃないか。

いくら慣れてないとはいっても情けない。

僕がフェードアウトしたタイミングで、まるで逆転するように周囲のガヤガヤという声が再び、少しずつ大きくなっていく。

徐々に大きくなるその声を受けて、僕は恥ずかしくなってしまう。

変な汗が出てくるし。うわ、言わなきゃよかった。

困ってしまってふと七海を見ると、七海は僕にウィンクをしてきてくれた。そして元気良く手を挙げると私も賛成かなと声を上げる。

七海が賛同してくれたのと同時に、急に僕は名前を呼ばれてしまう。

「簾舞ありがとう‼　そうだよな、簾舞も一年の時やる気ない展示で不完全燃焼だったよな！　同じクラスだったから分かってくれたか‼」

え、待って。一年の時に同じクラスだったのッ⁉

その衝撃な事実に僕は呆然としつつ、力なく小さく頷いた。ごめん、一緒のクラスだって全く分かっていなかったです。

後、今気づいたけど……。委員長、僕によく話しかけてくれた男子だ。僕に童貞？　って聞いてきた男子だ。

もしかして話しかけてくれたのって、一年の時に同じクラスだったから？

今のところ明確に賛成の声を上げたのは僕と七海……だけだ。周囲からはガヤガヤとした声は聞こえるけど明確な賛同の声は聞こえてこない。

「えー？　じゃあ私は飲食系やりたいよー！　映えるやつとかやりたいー‼」

「俺はステージとか苦手だし、思い出作るならイベントやりたいなぁ。裏方をやりたい」

「うちのクラス、可愛い子多いしセクシーなコスプレさせたいー！」

「部活で踊る予定だから、ステージ以外が……」

僕の発言がきっかけなのか、クラスのあちこちから様々な声が聞こえてくる。みんなそれぞれやりたいことがあったようで、さっきまでの沈黙が嘘のようだ。

「うぉ、マジか!!　簾舞!!　ステージ派が我等しかいない!!　加勢してくれ!!」

「うえっ⁈」

　いきなり僕は手を引っ張られて、よりによって教壇に連れられてしまった。いきなりそんな場所に連れられて僕は困惑する。

　ガシリと肩を組まれて、僕はクラスの皆から注目される。人生で初めて受ける注目のされ方に、足先が痺れる様な感覚になった。

「さぁ簾舞!!　ステージ派を増やすぞ!!　俺等でプレゼンだ！」

「待って、何すればいいの⁈」

　唐突にそんなことを言われても、僕はなんとなく賛成しただけであってそんな高い志があったわけじゃないんだけど。

　あたふたとする僕を尻目に、クラスメートは何故か挙手をして僕に質問を投げかけてくる。なんで⁈

「簾舞、ステージでは何やりたいの？」

「あ、いや……特に考えてないかなぁ……」

「なんでステージに賛成したのー？　やりたいことあるのー？」

「えっと、ほら……僕も一年の時に碌に参加してなかったから思い出作りたいなって」

「七海と一緒に？　あ、七海とはどこまでいったのー？　エッチした？」

「答えられないからねソレ⁈」

「別にステージじゃなくても青春はできるから別のでいんじゃゃね？」

「あ、まぁ確かにそうかも」

「簾舞⁈　他の派に引き抜かれないで⁈」

なんか矢継ぎ早に僕に質問が来て、僕はそれに四苦八苦しながら答える。というか関係ない七海との進展まで聞かれてしまっている。たいてい答えられないことだけど。

賛成したこと、ステージのこと、七海とのこと、好きな漫画、アニメ、ゲーム、普段デートはどこ行ってるのか、好きな食べ物、初恋、ギャルが好きなのか等々……。

とにかく、根掘り葉掘り聞かれるって感じだ。困ってチラリと横目で七海を見るとなんか楽しそうに笑ってるし。

笑ってないで助けて……!!　そんな可愛く手を振ってないで⁈

そして僕に質問が叩きつけられるのと同じくらいのペースで、みんなの意見が黒板には次々に書き込まれていっていた。いつの間に。

ちなみに男子の委員長がやりたかったのは演劇のようだ。しれっと、最初にステージの演劇を書いている。

演劇、メイド喫茶、コスプレ展示会、焼きそば屋、お化け屋敷、迷路、宝探し、タピオカ屋、チーズハットグ、テーブルトークRPG……色んな意見が書かれてるなぁ。

なんかこのワイワイみんなで意見を言っている感じは、非常に疲れるけどちょっと楽しいかもしれない。

一年の時は……覚えがないってことはそもそも参加してなかったんだろう。

そう思うと、こうやって教壇に立ってみんなから質問攻めにあうのも参加してるって感じにはなるなぁ……。うん、疲れるけど。

なんかめちゃくちゃ変な意見も出てきてるけど、とにかく意見が出たものは一緒くたに書いていってる感じだ。

黒板に意見が出し尽くされたころには、僕は自分の席に戻り机に突っ伏す。つ、疲れた……正直、めちゃくちゃ疲れた……。普段は全く交流しないからなぁ……。

「色んな意見が出てきてるねぇ」

「そうだねぇ……。いや、ギャル喫茶とか誰なの意見を出したの」

「あはは、陽信もギャルのカッコしてみる？」

「僕がしても似合わな……って……七海？」

……って、あれ？　七海の声が聞こえてくる。

視線を隣に向けると、いつの間にか僕の隣に七海が座っていた。会話が普通に進行してたから途中まで気が付かなかったよ。

あれ？　さっきまで自分の席にいたよね七海？

「来ちゃったー」

ニコニコと笑いながら、七海はダブルピースを僕に向けた。

周囲を見回すと、色々と意見を言い合っていたタイミングからなのか、皆は思い思いの席に移動して好きに意見交換をしているようだ。

七海に視線を戻すと、彼女は隣の席に座って頬杖をついて僕をジッと見ている。隣の席に……七海がいる。

ついさっき、いつか隣の席になればいいなぁとか思っていたのが一時的とはいえ叶ってしまった。

僕が嬉しさから顔を緩めてしまうと、七海もニコリと笑ってくれる。これは……日々の授業に身が入らない気がするなぁ。

「それで、陽信はどれがしたいの？　やっぱり演劇？」

「いやまぁ、他に良いのがあればステージにはこだわらないかなぁ」

教壇でも質問されたけど……ステージに賛成って言ったのはあくまでも参加して思い出

を作りたいって意味合いでの賛成だしなぁ。

ステージを自主的にやりたい……ってわけじゃないから、こうやって候補が沢山出てくると目移りしてしまう。

僕としては……。

チラリと七海を見る。やっぱりこう、七海と沢山の思い出が作れるようなものをしたいなって思いが一番強い。

学校祭では一緒に回るって話はしたけど、準備もまた格別な思いがあるだろうし。

そうなるとやっぱり飲食系とか。

「あ、メイド喫茶とかいいかもねぇ。裏でクレープとか作るのも楽しそう」

「え？ じゃあ七海はメイド服着ないの？」

思わず口をついて出た一言に、七海はキョトンと目を見開いて驚きを見せる。僕は僕で思わず口をついて出てしまった一言が頭の中を巡っていた。

だって、七海のメイド服だよ。

見たいに決まってるじゃん……だけどそれをこの場で言ってしまうのはどうなんだろうかと、僕は固まってしまった。

しばらく、僕も七海もお互いに顔を見合わせながら固まっていた。

やがて七海は表情をスンッ……と平静に戻すとスッと立ち上がる。そのまま両手で机を少しだけ持ち上げると、そのまま僕の横に机をくっつけた。

少しだけ空いていた机の空間が詰められて、一気にゼロになる。

そのまま何も言わないまま、七海は僕の隣にスッと座ると……頬杖を突きながら僕の方へと再び視線を向けて……ニヤッと口角を上げた。

わざわざ近づいてきて、僕の間近で七海は僕をからかうように笑みを浮かべる。

「メイド服……見たいんだぁ？」

ニヤニヤと笑っている七海のその表情だけで、僕は頬を染めてしまう。ここで否定するのも変な話なので、僕は小さくそりゃ見たいよと肯定した。

僕の肯定の言葉を受けて、ますます七海は楽しそうに、嬉しそうにする。

今がホームルーム中じゃなかったら、きっと抱き着いてきていたんだろうな。抱き着いてそのまま身体を擦り付けてきただろう。

……やらないよね？　授業中だし？

「それでさ、陽信はどういうメイド服が好みなの？」

「え？　どういうメイド服って……」

「ほら、ミニスカメイドとかクラシックなやつとか。和風メイドとかも可愛いし、セクシーなのだったらバニーメイドとか水着メイドとか……」

七海からポンポンポンとメイド服の種類が飛び出してくる。

ミニスカとクラシックくらいは僕も知ってたけど、バニーとか和服とかはパッとは頭に浮かばなかった。

「なんでそんなメイド服に詳しいの……？」

「だいぶ前に初美達とどんなメイド服なら彼氏が喜んでくれるかって話題になって、それでちょっと調べたんだよねぇ」

どういう経緯でそんな話題になったんだろうか。非常に気になる話ではあるけど、七海が詳しかった理由は理解できた。だからポンポン出てきたのか。

「ちなみに音兄はバニーメイド、修兄は和服メイドが好みという結論になりました」

知ってる人たちの好みを聞くというのは、どうしてこう変な罪悪感を覚えてしまうのだろうか。でも何となくイメージに合ってる気がする。

七海なら……どっちも似合いそうだなぁ。

「それで、陽信の好みってどんなメイドなの？」

「えー、今このタイミングで聞くのそれ？」

あんまりメイド服の好みって考えたことが無いんだけど、少なくとも七海のイメージに合っているメイド服が良いよなぁ。やっぱりミニスカ……。

「やっぱり陽信なら水着メイドが好きかなぁ」

「待って、なんでそうなったの」

思考を先回りされたように、七海は僕の好きであろうメイド服を口にする。いやでも、うん……確かに一番好きかも水着メイド。

世の中、見せすぎはあんまりとか露出(ろしゅつ)が高いのは逆に冷めてしまうとかいう意見があることは知っている。

だけど僕はハッキリ言いたい。

分かりやすい露出だって大好きだ。

僕は七海のイメージに合っているかどうかで最初考えてたから、それを度外視したらメイド服としては邪道(じゃどう)かもしれないけど……多分それが好きだ。

いいじゃないか、人間正直に生きても。

「……かなり好きです」

「えっちー」

ニコニコと笑いながら、七海は僕のお腹(なか)あたりをツンツンと突っついてくる。今が騒がしい状態でよかった、静かだったらできないよこんな話……。

うん、やっぱり僕が七海の隣の席になったら授業に身が入らなそうだ。改めて今分かった。今後そうなったら、ちゃんと授業に臨もうとする姿勢を持たないといけない。

「まぁ、これから決は採るだろうから……ちゃんと考えないとねぇ」

「だね。そういえば、ステージの劇ってどういうのなんだろ」

「確か去年ステージでやってたのは……漫画を流用した劇があった気がするなぁ」

そうだったのか。僕は確か去年って……ステージも見ないで早めに帰宅した気がするから、やっぱりろくに学校祭に参加してなかったんだな。

確かにそれなら劇としてはやりやすいのかな。でも、主役をやる人とかは大変そう。

「そういえば剣淵くん、劇って書いてるけど何したいの？」

「ん？　恋愛ものかなぁ。劇の中でくらい女の子とイチャイチャしたい……!!」

「少しは欲望を隠しなさいよ……」

後静さんも気になったのか、ちょうどいいタイミングで男子の委員長に聞いていた。

そのやり取りは僕等の耳にも届いていて、僕も七海もタイミングの良さに顔を見合わせて微笑み合う。

それにしても男子の委員長、剣淵くんって名前だったのか。同じクラスだったみたいだけど……全然知らなかったなぁ……。もう少しクラスメイトも覚えないと……。

「恋愛ものの劇って、どんなことやるんだろうねぇ」

「やっぱり劇でやるんだし、僕等みたいな普通の恋愛とはちょっと違うんじゃないかなぁ」

その瞬間、あれだけガヤガヤと騒がしかった教室がシン……と静まり返る。

いきなりの静寂さに僕は何が起きたのかと周囲を見回す。心なしか僕に……いや、僕と七海に視線が集中しているような気がする。

七海も教室の静けさに驚いて、身体を起こして周囲を見回していた。

あれ、遠くで音更さんと神恵内さんがなんかポカンとしてる。

そして静寂から一歩遅れて、その言葉は教室を震わせた。

「お前らのどこが普通だ⁉」

まさかの、ほぼ全員からの総ツッコミである。

いきなりのその言葉に、僕も七海も上半身を引かせてしまった。

それから周囲の様子をぐるりと見まわす。みんな困惑しているようで、それが伝染したかのように僕も困惑する。

一度目をつぶり、少しだけ考え込むと……僕はゆっくりと口を開く。

「普通じゃない？」

「いやいや、割と普通じゃないから」

うわ、音更さんにさらにツッコまれた。みんなウンウンと頷いてるし。いやいや、そんなことは……。普通……じゃないの？

うん、まぁ……薄々は分かってたけどね。始まりも特殊だったし、色々と日々ツッコまれてたし。ここ最近もそんなのが多かったし。やっぱり普通じゃなかったのか。

でも、普通だって思うくらいいいじゃない。

ちょっとだけ肩を落としたら、七海が僕の方に手をのせてポンポンと叩く。

「いーじゃん陽信、別に普通じゃなくてもさー」

「まぁ、七海がそう言うならいいけど……」

「それにほら、普通じゃないってことは特殊なことが色々できるってことだし……」

「待って、何する気？」

静かだった教室内が、再びざわりと喧騒に包まれかける。言うまでもなく七海のこの言葉が原因ではあるが、七海はどこ吹く風って感じで気にした様子もない。

というかまぁ、内心では気にしてるからあとで二人っきりになってから照れるパターンかもしれないなこれは。

前に僕がちょっと馬鹿にされたときも意味深な発言を友達にしてたっけ。まぁ、結局はその後キスもまだってのが知れ渡ったわけだけど。

それから教室内でその手の話はしてないから、たぶんクラス内では僕等はキスもまだとかそういう情報で止まってるかもしれないな。

……あれ、てことはここからさらに追及が来てしまうのでは？

それに気づくと、周囲の視線が好奇のものに変わっているような気がした。今の騒がしい状態なら、すぐに僕等に殺到するんじゃないだろうか。

幸いなことに、僕のその心配は杞憂で終わる。なぜなら教壇の方から今の雰囲気を変える一言が聞こえたからだ。

「じゃあ、そろそろ決を採ろうか。希望も出尽くしただろうし」

後静さんがパンと大きく一回、柏手を鳴らす。

彼女が手を叩くと、それまでの雰囲気を一変させるような乾いた音が教室中に響く。みんなは一斉に後静さんに注目して、僕等にはもう目を向けない。

僕と七海も彼女に視線を向けると、後静さんは小さくピースサインを作っていた。どうやら、僕等にこれ以上の追及が来ないようにしてくれたみたい。ありがたい。

すっかりと雰囲気が変わり、みんな立ち上がってそれぞれが自身の机に戻っていく。七海は机を離すと後でねと手を小さく振って自席に戻っていった。

「それじゃあ……決を採りますね」

そして出し物についての採決が開始される。

……あれ？　七海とはメイド服の話ばっかりして結局どれにしようかを全く話してなかった気がする。……やっぱりメイド系にした方がいいんだろうか。

学校祭は何をやろうか……最終的に僕は悩(なや)みながらもやりたいものに挙手をした。

◇◇◇◇◇◇◇◇

自分の中のキャパシティというものは、割と自分では分からないことが多い。限界というものは突然(とつぜん)に訪(おとず)れるわけで……そうなってからようやく限界だったと気づく。

そして一度限界がくると、なかなか回復しないのだ。後悔先に立たず、備えあれば憂(うれ)いなし、先人の言葉をきちんと学習しなければならないが、それもなかなか難しい。

甘(あま)えてると言われればそれまでだけどさ。

つまり何が言いたいかというと、僕はいっぱいいっぱいだった。

そしていっぱいいっぱいになった僕は、七海に慰(なぐさ)められてた。

具体的に言うと、彼女に抱(だ)き着いた状態でよしよしされている。なんかもう子供みたいだけど精神的に限界だった僕には何よりの癒(いや)しだ。

七海の胸に抱かれて、背中をポンポンと叩かれている。

「陽信がこうなっちゃうって初めてじゃない？」

「初めてかも。限界……だったんだね……」

ハーレムの噂(うわさ)に男友達を作る、七海との練習もする、バイトも続けている、学校祭のこと……。特に今日なんかは、初めて色んなクラスメートと話もした。

この短期間に怒濤(どとう)のことが起きている。

いわゆる、やることが多いって状態だ。今までの僕なら考えられないこと……一部は僕が自ら望んだやつだけどさ。

「しばらく練習……お休みする？」

「それはちょっと、癒しにもなるのでお休みなしで……」

ポンポンと背中を叩きながら、七海は優(やさ)しく僕に語り掛(か)ける。七海が言う練習ってのは二人きりでやる例のあれだ。それは……お休みしたくないなぁ。

いや、エッチなことをしたいとかじゃなく。じゃなくて、色々と触(ふ)れ合うのは心身にもいいって聞いたことがあるし。

少しでもストレス軽減をするための行動は削(けず)りたくない。

「チューする？」

「空き教室だから……やめておこうか」

そう、僕等は空き教室でこれをやっている。

ホームルームも無事に終わり、学校祭でやることも決まった。まだ抽選は残っているけれども、それでも無事に決まったのだ。

学校祭でやることは結局、コスプレ喫茶に仮決定となった。飲食をやりたい人が大勢だったのと、色んな衣装を着たい人の折衷案だ。

昨今の学校祭系のお祭りは写真映えが重要らしくて、割と陽に属する人たちはネットに映える写真をアップするのだとか。

僕はそういう写真映えとか全然思いつかなかったし、いわゆるＳＮＳをほとんどやってないので思いつかない発想だ。おじさんぽい考えかもだけど。

んで、ステージをやりたがった剣淵くんはガチ泣きしそうな、血の涙を流しそうな表情になっていた。さすがに可哀そうかなと、一度は賛成した手前思ったんだけど。

だけどコスプレ喫茶も青春はできるかと、次の瞬間にはケロッとしていた。確かにまぁ、それでも確実に青春はできるだろう。

それにしてもコスプレ喫茶って……いわゆるコンセプトカフェみたいなものかな？　準備が大変なのでは……とも思った。

だけど、思い出を作ろうと盛り上がったクラスを止める術はなく、その案で決定となった。そもそも抽選で当たらなければ決め直しだしね。

そんな感じでクラスメートとほぼ初交流を終えた僕は放課後……唐突に限界が来た。

うまく言語化できないいんだけど、これが気持ちの糸がプツリと切れる感覚ってやつなのかと……そう思った。胸のあたりに、重苦しいものが詰め込まれたような気分だ。

教壇に立ってみんなと話したのが……極端に緊張したのが引き金なのかもしれない。いや、自分でも分からないけどさ。

しかし、僕の気持ちのキャパシティがまさかここまで少なかったとは思わなかった。本当に急すぎて、どうすればいいか分からなくて……。

そこからの七海は、素早かった。

「陽信、こっち」

「えっ？」

返事をする間もなく手をガッと掴まれたと思ったら、ずんずんと突き進む。七海は無言のままで、僕が何を言っても返事は無い。

そのまま誰もいない視聴覚室のような空き教室に入ると、教室の隅っこまで進んでいく。

そして窓側に到達すると僕の手をパッと放す。七海……？　と声をかけてみても彼女は腰に手を当てて何かを考えているだけだ。

　何かしてしまったのかな……とか思いつつ、僕は七海の行動をただ黙って注視していた。

　そして彼女は納得したようにウンウンと頷くと、机を窓際にくっつける。

　そのまま机の上に座ると、僕の方を向いて手を伸ばした。

「おいで」

　それだけだ。

　それだけ言われると、僕は吸い込まれるように彼女にゆっくりと近づいて抱き着く。

　僕が七海に抱き着くと、彼女は隠すようにカーテンで僕等をくるむ。このために窓際に机をくっつけたのかと一人納得していた。

　そして、今の体勢になる……というわけだ。

　教室内なのにカーテンでくるまれているから、見られない安心感はある。ただ、教室を覗いたらなんか変だなとは思うかもしれないけど。

「七海……その……なんで分かったの？」

　僕がそれだけ言うと、七海は再び子供をあやすように僕の背中をポンポンと優しくたたく。一定のリズムで、とても優しく。

　七海はクスリと笑うと、僕に優しく囁いた。それはまるで、暖かな日の光のようだ。

「なんとなく、勘かな。それに違ってても抱き着くだけならお得でしょ」

僕はそれに答えず、抱き着いている手に力を込めることで返事とした。

「私もねぇ、色んなことがいっぺんに起こるとキャパ超えちゃうことあってさぁ。そういうときって、お母さんにこうやってもらってたんだ」

「そうなんだ……でもなんで今……？」

「放っておくと、陽信……無理しちゃいそうだからさ。帰る前にしてあげたくて」

その言葉に、なんだか両目の奥が熱くなる。

泣きはしなかった。そこまでじゃない。ただ、泣きそうにはなっただけだ。この違いはちょっと大きい気がする。

だけど何か言葉を発すると、途端に自分の中の何かが壊れてしまいそうで、僕はそのまま無言になってしまう。

ギュッと彼女をまた抱きしめると、僕の耳に七海のクスリと笑った声が聞こえてきた。

表情は見えないけど、きっと七海はしょうがないなって顔をしてるんだろうな。

本当にしょうがない僕だ。だけどなんとなく、彼女に甘えるのはいいけど……彼女の前で泣くのはダメかなって気持ちが僕の中にはある。単なる意地の問題だけどさ。

七海の前で泣いたことは……。

少しあるか。

だけど嗚咽を漏らして泣くとかは無かったはずだ。古い考えだけど、男は涙を見せないってのが僕の中にあるからかもしれない。

七海は僕が泣いても受け止めてくれるんだろうか。それとも、引いちゃうかな。普通の人はどうなんだろうか。

そんなことを考えて、七海に甘えながら目を閉じる。

七海の手は背中から……ゆっくり僕の頭部に移動する。そして少しだけ力を入れると、僕の頭部を……さらに胸に押し付けた。

胸に抱かれていた状態から、胸に挟まれる状態に変化する。……いや、やばくないこれ。凄い柔らかいし気持ちいいけど……いいのか？

「心臓の音って落ち着くんだよ……。これ、前にもしたことあったっけ」

トクン……トクンと七海の鼓動が聞こえてきた。

慌てて動く間もなく、僕はその音に耳を傾ける。安定したリズムが僕の耳に届くと、その音が心地よくてそのまま眠ってしまいたくなった。

僕を深く胸に抱いたまま、七海は僕の背中をまたトントンと叩く。

これと似たようなことは前にしてもらったことはあるけど……まさか学校の空き教室で

されるとは思ってなかった。

七海の胸に挟まれてるけど、いやらしい気持ちにはならないや。今がきっと、そういう状況じゃないからだろう。

学校ってのも大きいかも。

そのまま僕と七海がしばらく抱き合っていると……。

ガラリと、ドアの開く音がした。

机の上に座っていた七海が身体を跳ねさせ、僕も身体を大きく震わせる。さっきまで安定していた心臓の鼓動が急激に速度を増し、僕も七海も多量に発汗する。

「掃除めんどくせー……自分の教室じゃないのがさらにめんどくせー」

「いいから、てきとーにやってさっさとかえろ……ぜ……」

「あん？　どした？」

「あれ……なんだ？」

カーテンがあるから見えてはいないと思うけど、教室に入ってきた侵入者が絶句したのがよく分かった。いや、侵入者って意味では僕等も同じだけど。

顔を上げた僕は、カーテンの中で七海と目を合わせる。七海も焦っているようで目が泳いでいるけど、僕を見て少し落ち着いたのか口を一の字に結んだ。

ここから、どうするか？

「……七海、普通に行こう。あくまでも何もしてなかった体で、ごく自然に」

「……そうだね、どうどうと行こう。やましいことは何もしてないんだから」

小声で確認して、お互いに顔を見合わせて頷きあう。そうだ、僕等はやましいことはしていない。ただちょっと甘えさせてもらってただけなんだから。

そして……ゆっくりと七海から離れて、お互いにカーテンの中で並んで立つ。

準備はできたと言わんばかりにお互いに目を合わせると、カーテンを大げさに翻した。

まるで映画の登場シーンのように、後光を背負いながら僕等は堂々と一歩を踏み出す。

そう、僕等は何もしてないんだから。

ポカンとしている男子達……もしかしたら一年生かもしれない……の視線を受けながら、僕と七海は彼らとは反対の扉に進む。

「掃除、お疲れ様」

「頑張ってねー」

素知らぬ笑顔を彼らに向けて、僕等は教室を出て行った。男子と女子が両方いて、男子はポカンと、女子は頬を染めて口元を覆っているのが理解度の差を示してるようだった。

そして僕等がいなくなったとたんに、背後からきゃあきゃあという声と男子達の困惑したような声が聞こえてくる。

僕等はなるべく足早に、一刻も早く教室から遠ざかろうと歩を進めた。

「あ、焦った……」

「そ、そうだね……」

誤魔化すどころか変な誤解を与えたかもしれないけど、それでも精いっぱいの対応はしたと思う。

名乗らなかったし、学校の怪談とか都市伝説みたいな類で話が出回ってしまうかもしれない。けど、変に噂になるよりましか。

こればっかりは、後は運を天に任すしかないか。

「じゃあ、今日は帰ろっか」

「そうだね……って、カバン取りに戻らないと」

あ、そうだった。いきなり連れられて……その、してたから忘れてた。

「もう平気？」

七海が僕の手にそっと触れながら、微笑みながら問いかけてくる。僕は自身の胸に手を当てて深呼吸を繰り返した。

うん、気持ち的には……落ち着いてる。

「平気だよ。ありがとう」

にこやかにお礼の言葉を口にすると、反して七海はちょっとだけ不満気に口をとがらせる。ぷーっと頬を膨らませているのは分かりやすいサインだ。

「そこは、もうちょっとしたいって言うところじゃないのー？」

「……またしていいんだ？」

「……もちろん」

七海は照れたように手を後ろに組んで、下をペロリと出しながら悪戯っぽく笑う。僕が平気そうなのを見て、こういうことを言ってくれているんだろうな。

またお願いするよと言うと、七海は嬉しそうに腕を絡ませてきた。もうすぐ教室なんだけどな……まぁ、クラスの人にならに見られても今更かな。

そう思って教室のドアを開けると……。

「あれ？」

教室内には、ほとんどだれもいなかった。

正確には教室にはポツンと……一人だけ人がいる。

まぁ、そういうこともあるかなと僕は自席からカバンを取って帰ろうと思って……気が付いた。そのポツンといる人が座っている席が僕の席だからだ。

間違ったのか……とか思ったけどそうではなさそうだ。なぜならその人物は僕の席に腕組みをしながら大股開きでどかりと腰を下ろしている。

長い金髪で、とても背の高い……大柄な男子だ。遠目には顔立ちも整っているように見える……ほんとに誰だろうか？

「あっ……」

「七海、知り合い……？」

「あー……うん……知り合いって言うか……」

なんか七海にしては珍しく歯切れが悪い気がする。でも確かに、七海に知り合いの男子って……。あ、もしかして……。

「えっと、前に告白されたことが……」

七海は申し訳なさそうに、僕の席に座っている男子との関係性を告げる。確かにそれは言いづらいよね。

そんな人が今更なんの用事だと言うんだろうか？　七海関係……なわけないと思うんだけどな、今更過ぎる。

とりあえずカバンを取らないと帰れないし、自席に向かうか。

「七海は、少し待っててね」

「あ、うん……」

僕は七海と離れて自席に向かう。そう広くない教室だ、すぐに到着する。その間にも僕は僕の席に座っている男子を観察していた。

長髪で金髪……一部は黒になっているな。身体は大きくて筋肉もありそうだ。ただ、マッチョ系ではない。眉毛は染めてないけど非常に薄く整えられていた。

目は鋭くて、力を込めているのか眉間に皺を寄せている。パッと見、とんでもなく不機嫌そうで、近寄りがたい印象を与えている。

まるで野生動物にばったりと会った気持ちだ。目を逸らしたらいきなり殴りかかられてきそうな緊張感が僕の中に走る。

睨むような鋭い眼光が僕を刺し、それだけで致命傷を負わされそうな気分だ。ファンタジーやバトル系の漫画の、殺気だけでぶん殴るみたいに。

そして僕は、やっと自席に到着する。

座っている彼とすぐ近くで視線が交差し、僕はその視線を真正面から受け取った。受け取った……けど、そのまま自席にぶら下がってるカバンを手に取る。

視線を合わせたままで中腰になりカバンを取る姿は、ちょっと間抜けに見えたかもしれない。僕は視線を合わせたまま、後ずさる。

机にぶつからないように、ゆっくりと、後ろ歩きを開始する。

「いや、どこ行くんだよ……」

僕の動きを制止させたのはその一言だ。

もしかしたら、僕の椅子に座って誰かを待っているだけの可能性もあるかなと思って黙って帰って見たんだけど、やっぱり駄目だったか。

いや、僕は諦めないぞ。

「誰か待ってるんでしょ？　僕はもう帰るから気にしないで……」

「いや……お前を待ってたんだけどよ」

ダメだったか。やっぱり僕を待ってた……僕のお客さんか。

「……俺は弟子屈巧ってものだ。すまんが簾舞……ツラ貸してくんねぇか」

これあれだね、貸してくれって疑問形で来てるけど僕には拒否権の無いタイプのやつだ。

なんかこう「オォォォォ……」ってオノマトペが表示されそうな威圧感がある。

正直、怖い。

だけどまぁ、七海関連での僕の用事だろうからその点は引き下がるわけにはいかない。

めちゃくちゃ怖くて震えそうだけど。

七海に慰めてもらってて正解だったな。さっきまでの僕にこんなのが来てたら、たぶんとんでもなくパニックになってた気がする。

「いいけど、七海は巻き込みたくは……」

「あぁ、茨戸は関係ない話だ。俺とお前の二人だけで……男同士で話がしたい」

え？　七海関係ないの……？

そうなると僕としては逆にこの人……弟子屈……さん？　先輩かな？　まぁ、とにかく
この人の話を聞く理由が無くなってしまうんだけど。

早く一緒に帰りたいんだけどなぁ……。

いや待てよ、こういうところが僕のよくないところではないだろうか？　こういう場面でも話を聞く……それが友達を作るための心構えにもなるのでは。

だったらここで話だけ聞くのは……変えるための一歩としてありかもしれない。なによりいいと言ってしまったから断りにくいし。

うん、話だけなら聞いてみようか。

「いいですけど、手短になりますか？　七海と一緒に帰る予定だったので」

七海の名前を出したところで、弟子屈さんの身体がピクリと反応を示す。関係ないのに反応を示すのは、過去に告白した点が関係してるのか。

「手短になるかは分からねーな」

「そうですか。話はここで？」

「いや、ここじゃしづれーから……裏に行こう」

……これはもしや、不良系漫画でたまにある校舎裏に呼び出されるってやつではないだろうか？　まさか実在するとは思わなかった。

不穏なのに、なんだかちょっとだけワクワクしてしまうのは何故だろうか。

「七海、ちょっとだけ話をしてくるから……ここで待っててくれる」

「あ、うん……陽信、大丈夫？」

「大丈夫大丈夫。いざとなったらダッシュで逃げるから、そしたら一緒に帰ろう」

心配そうな七海に軽口をたたくと、僕の背後に弟子屈さんがぬるりと立っていた。いつのまに……。というか、凄く大きな人だな。

翔一先輩と同じくらいかもしれない。何で僕の周りはこう、僕よりはるかに背の高い人が多いんだろうか……。

「手荒な真似はしねーよ、約束する……」

「そうですか。じゃ、行ってくるね七海」

そうして僕が歩き出そうとしたところで、七海が僕に近づいてきた。そしてそのまま……僕のほっぺたにキスをする。

「いってらっしゃい」

小さく手を振る七海に、僕は改めて行ってきますと言って手を振り返した。

戻ってきたら、ただいまと言って七海のほっぺにキスをしようかなとかそんなことを考えながら。

これからの話に勇気を貰った気分だ。今の僕は無敵である。気分だけは。

「……仲良いんだな」

「ええ、七海は僕の彼女ですから」

「そうか」

ぶっきらぼうなそのやり取りの後、そのまま無言で歩き続ける。校舎裏まではそんなに遠くないけど、なんだか空気が重いから足取りも重く感じた。

それにしても、僕はよくよく校舎裏に縁があるなぁ。

七海からの告白とか、後静さんの件とか色々と……内緒話をするのに最適な場所だったりするんだろう。

ほどなくして僕等は校舎裏にたどり着く。

なんだかもういつも通りですらあるな、この絵面。誰もいなくて僕等だけで、今から何かが始まるこの感じ。

「それで、話って……」

「あー、その前に一つ良いか。俺等タメだから、敬語なんて使うなよ」

え、同い年だったの？　てっきり先輩だと思ってたよ。

ここでしつこく食い下がる意味もないし、本題に早く入って帰りたいので僕はその言葉には素直に従うことにした。

「……分かった。話って何？」

最初に年上ってイメージを持ってたからか、タメ口で話すのがなんだか違和感を覚えてしまうな。そのうち慣れてくるだろうけど。

弟子屈さん……いや、弟子屈くんは僕がタメ口になるとどこかホッとしたように息を一つ吐く。

そして何かを僕に言おうとして……一度引っ込んだ。勢いをつけるためなのか、腕を大きく振りかぶってたけどその勢いもぴたりと止まる。

……なんだろ？

しばらく弟子屈くんは、何かを言おうとして止めるというのを繰り返す。そんなに言いづらいことなんだろうか？

表情を歪めて頭をぼりぼりとかきながら、一度大きな深呼吸をして……。

彼は自分の頬を思いきりグーで殴った。

その光景に驚いて絶句してしまった僕を尻目に、彼は小さく何かを呟いて拳をさらに力強く握った。

……やられる?!

「……のことだ」

思わず僕が頭を抱えながらしゃがんで、完全防御の姿勢を取ろうとしたときに、彼のか細い声が聞こえてきた。

さっきまでの迫力ある行動とは裏腹の、小さな声。

「えっと……なにかな？」

「……後静のことだ」

今度はか細いながらもちゃんと声が聞こえてきた。って……後静さんのこと？　なんで急に後静さんのことが話に出てくるんだろうか。

困惑する僕に、弟子屈くんは僕を射貫くような鋭い眼光を向けてきた。

「茨戸と後静、二人と同時に付き合ってるってマジなのか？」

「……はい？」

「いきなり雰囲気……てか服装変わって驚いたけどよ、まさかお前の趣味なのかあれ？

後静との二股って……茨戸は知ってるのか？　流行りのセカンドなんたらってやつか？」

「ま、待って待って待って！　いきなり何の話⁉　まさかそんな噂が⁉」

矢継ぎ早に出てくる質問に、僕は焦って彼の話を遮る。

噂のことは知ってたけど、ハーレムじゃなくてまさか二股の噂が出回っているとは思わなかった。嘘だろおい。下手したら、ハーレムの噂よりも焦りが強いぞ。

ハーレムを作ってるって噂は、それはそれで問題だけどどこか現実感の無い噂だ。信じる人も面白おかしく噂を楽しむ程度にとどまる人がほとんどだろう。

だけど、二股ってなると途端に生々しさと信憑性が出てしまう気がする。

不思議な気持ちだけど、これは二股の方が現実にしている人がいるからなんだろうか。二股ならもしかしたら……とか思われるからなのか。

「どうなんだよ、教えてくれよ」

「いやそれは……」

後静さんを変えたのは僕の彼女です。

絶対に言えない。

万が一標的が七海になろうものなら……それだけは避けなければならない。

かと言って、僕が変えましたとか言ったら標的が僕になる。それはそれで一番いい解決策かもしれないけど、それだと僕に何かあった時に七海が僕を心配する。

それじゃダメだ。でもどう説明したものか……。

僕がそうやってまごついている間に、唐突に砂地に何かが擦った様な音が聞こえてくる。

まるで誰かが足でブレーキをかけたような音。

その方向に目を向ける。噂をすれば影が差す。そんな言葉が僕の頭に浮かぶ。


「……なにやってるの？」


その声は静かだけど……どこか威圧感を感じるものだった。その言葉を聞いた瞬間、僕は背筋に冷たいものが走る。

怒気をはらんだその声の主は、ゆっくりと歩を進める。動けない僕を尻目に、その人物はまるで僕を庇うように僕と彼の中間で立ち止まった。

その人物は……後静さんだ。

彼女が僕の横を通るとき、視界に入った彼女の額には汗が浮かんでいた。額に玉の汗を浮かばせ頬を染めて、息も若干切らしている。

彼女は息を切らしたままで、目の前の弟子屈くんを半眼で睨む。

「こ……後静……なんでここに」

「教室で七海ちゃんから聞いた。タクちゃ……弟子屈くん、簾舞君を呼び出して何しようっていうの？　それ、私が関係してるの……？」

後静さんのその問いかけに、弟子屈くんは狼狽えながら沈黙で応えた。目を逸らして、どこか悔し気に口元を歪めている。

弟子屈くんは答えず、後静さんもそれ以上の追及をすることをしない。

ど、どうすれば？　そう思ってたら、また後方から声が聞こえる。

「琴葉ちゃん……は……やい……めっちゃはや……い……はぁ……ふぅ……」

七海だ。七海も走ってきたのか両手を膝の上に置きながら身体をくの字に曲げて息を切らしている。

肩をゆっくり上下させている彼女に、僕は慌てて駆け寄った。正直、この状況だと七海が居てくれるのは凄く安心する。

「七海、大丈夫？」

「あ、陽信……。制服だと……走りづらいね……久々に走った……」

ふぅふぅと息を切らす七海の汗を、僕は持っているハンカチで拭う。

目を閉じて僕に汗を拭かれた七海は、照れくささ半分、気持ちよさ半分といった感じに目を細めていた。汗を拭きつつ、なんでこうなったのかを僕は七海に確認する。

なんでもあの後、教室に後静さんが来て僕が一緒にいないことを珍しいなと軽く口にしたそうだ。

そして七海は、弟子屈くんに僕が連れられたことを何の気なしに口にした。本当にそれは……何の気なしの一言だったそうだ。

だけど、それを聞いた後静さんは顔色を一瞬だけ悪くさせ、即座に走り出した。七海の言葉も聞かずに一瞬だったそうだ。

驚いた七海も慌てて追いかけてここまで来たと……。

「ふぅ……ふぅ……。どしたんだろ、琴葉ちゃん……慌ててたけど……って、あれ？」

その問いの答えをあいにくと僕は持ち合わせていなかったけど、答えは今の二人にあるんだろうことは想像に難くない。

まるで映画における強敵との対峙のように、二人はお互いを視界に入れて動かない。

ただ、その目は対照的だ。

片や怒りを滲ませる後静さんに対し、弟子屈くんは見た目にそぐわず……怯えだろうか？　とにかく、不良の男子がするような目をしていなかった。

そして、沈黙に耐えきれなかったのはそんな不良男子の弟子屈くんだった。

「……心配……だったんだよ。いきなりお前がそんなカッコしだして……」

「別に……弟子屈くんに……関係ないでしょや」

「関係なくは……。いや、確かにそうかもしれねーけど」

「私の友達に……ひどいことするつもりなら、こんどこそ許さないからね」

　また沈黙が場を支配し、二人は睨み合うように視線を交差させ続ける。根競べのようなその視線の交差に負けたのは……やっぱり弟子屈くんだった。

　それを見た後静さんは、くるりと踵を返して歩き出す。そして後静さんが僕の横を通り過ぎる一瞬、彼女の声が少しだけ聞こえてきた。

「……タクちゃんのばかっ」

　タクちゃん……？　そういえばさっきもそんなことを言いかけてたな。後静さんの表情は見えなかったけど、後姿が泣きそうにも見えた。

　僕等は、そのまま後静さんの背中を見送る。迫力ある背中に僕等は一歩も動けずにいたからだ。七海なんかは少し怖かったのか、僕にピッタリとくっついてきている。

　そして彼女が去った後……まるで鈍器か何かが衝突したような鈍い音が周囲に響く。

　驚いた僕と七海が振り返ると、弟子屈くんが……膝から崩れ落ちていた。そのまま上半身を倒れこませ、完全に地面に伏す。

身体をフルフルと震えさせながら、生まれたての小動物みたいに両手で上半身を起こすけど、少しつつけばまた倒れそうだった。

「うぅ……ごめんなさい……」

弟子屈くんが呟いたその声は、彼の姿勢以上に震えていた。

◇◇◇◇◇◇◇◇◇

「情けねー姿……見せちまったな……」

口調はさっきまでのものに戻ったけど、弟子屈くんはその大きな体を縮ませて膝を抱えて座っている。いわゆる体育座りの姿勢だけど、ギャップがすごい。

見た目が不良だからか全く似合っていない。だけど、似合っていないのにすごくしっくりくる。矛盾するけど、そうとしか表現できない。

後静さんが立ち去ってから、僕と七海は慌てて弟子屈くんに駆け寄った。いきなり倒れたんだもん、心配もするよ。

さっきまでの不良然とした面影は全くない。威圧感もなにも……いや、僕が勝手にそう思ってただけでもしかしたら最初からそんなものは無かったのかもしれない。

表情も、眉尻が下がっていて怖くもなんともないし。

「えっと……弟子屈くん、後静さんとはどういう関係なの……？」

「俺とこと……後静は、ガキの頃からの幼馴染なんだよ」

あぁ、やっぱりそういう関係なんだ。さっきの様子を見る限り昔からの知り合いとは思ったけど、幼馴染とは。

だから後静さんも普段は見せないような表情を向けていたんだろう。

「そっか、それで後静さんのこと心配してたんだ」

「……まぁな」

「じゃあ、後静さんのこと好きなんだ」

弟子屈くんの顔が一瞬で真っ赤になる。言葉は無くても、その態度は雄弁だ。これではそうだって答えたようなものだろう。

七海も、うひゃあと口にして両手で口元を覆っている。

答えの無い弟子屈くんにかまわず、僕は呼び出された話の決着を先に付けようと結論を先に告げる。

「安心してよ、僕と後静さんは……二股で付き合ってるとかしてないから」

「えっ⁉　なにそれ⁉」

おっと、思わぬ方向からの反応が。七海である。七海も当然変な噂ってのは分かってはいるんだけど、それでもやっぱり怒りは滲み出てしまうものだ。

やっぱり二股っていう噂の生々しさがそうさせてしまうのかもしれない。

僕は七海をなだめると、事情を説明する。弟子屈くんは、後静さんが突然変わったことを心配して僕を呼んだんだと。

変な噂が出回ったところとタイミングが一致しちゃったからねぇ。

「なんだ、そういうことだったのかぁ。それなら別に心配しなくてもいいよ、あのカッコは私がコーディネートしたものだから」

「そ、そうだったのか」

「似合ってるでしょ。それに、弟子屈くんはあぁいうカッコの方が好みなんじゃないの？」

「あ、いや、それは……そういうわけでは……」

七海の言葉に、僕も若干首を傾げる。なんで弟子屈くんの趣味嗜好を把握してるようなことを……。

あぁそっか、前に告白されたことがあるって言ってたから、自身のギャルのようなカッコした女子が好みだと解釈したわけだ。

あれ、そうだよ。弟子屈くん、前に七海に告白してるんだよね。

でも、後静さんのことを好きなそぶりを見せている。……これってどういう？

前に聞いたことがある。疑いをかけるとき、人は自分がやっていることを相手に投影してしまうものだと。

つまりこれは……。

「弟子屈くん、二股しようとしてたってこと？」

「違うんだ!!　僕が好きなのは……!!」

「僕？」

急に一人称が変わって、僕も七海も思わず声を揃えてしまった。いやだって、いきなり僕って言いだしたんだから仕方ないじゃない。

しばらく沈黙していた彼は……やがて観念したかのように頭をガリガリとかきだす。

「……俺はもともと、身体も小さくて気弱で、いじめられっ子だったんだよ……それを助けてくれてたのが……後静だったってわけだ」

それから彼は、後静さんとの思い出を話し始める。それはさっきまでのやり取りからは想像もつかない楽しい思い出で、彼が後静さんのことを好きだってのが伝わってくる。

そんな思い出話だ。きっとそれは、彼の中でも大切なことなんだろう。

「そんな後静に……俺は中学の時に告白した」

「え？」

　僕と七海は思わず顔を見合わせる。

　その話って、先日後静さんから聞いた……例の仲の良かった男子に告白された話じゃないだろうか。でもあれって……罰ゲームの告白の話だったよね。

　それをしたのが、弟子屈くんってことなのか？

「……告白して、そして自分で台無しにした」

　悔し気に歯を食いしばり、表情を歪め、震えながら拳を握る。握りしめた拳からは血が出るんじゃないかってくらいに指を食い込ませている。

　何があったのか彼は語らないけど、その表情が、過去を悔いているその表情が……いつか見た七海の表情と重なってしまった。

「俺は最低だったんだ。だからせめて……せめて、あいつが幸せになるために陰から助けようって思った。噂を聞いて教室を覗いたら、五人でどこか行ってたからてっきりな」

　それは……みんなで喫茶店に行った時の話か。まさか見られていたとは……。

　僕等はなんて声をかけていいのか分からなくなるけど……弟子屈くんは立ち上がると僕等に背を向けて歩き始める。

「ごめんな、変な時間取らせて。誤解だったみたいだし……俺は行くよ」

肩を落として立ち去るその姿と、さっき見せた表情が七海とダブってしまったことから、僕はその寂しそうな背中に声をかける。

「弟子屈くん」

無視されるかと思ったけど、彼はその場でピタリと止まる。振り返りはしなかったけど、聞いてくれるならそれでいい。

「人は反省できるし……いくらでもやり直しもできると思ってるよ。少なくとも、僕はそう思う。今からでも、遅くないと思うよ」

何の気休めにもならない、他人事だから言えるようなセリフだけど、僕は反省してやり直している人を知っている。

だから無責任かもしれないけど、それでも声をかけずにはいられなかった。

僕の言葉は彼に届いたのかは分からないけど、しばらく止まっていた彼は少しだけ顔を上げてまた歩を進める。

ただ、去り際に「ありがとな」と聞こえたのは……気のせいじゃないだろう。

「……陽信、お疲れ様」

「ありがと。でも、お疲れ様……なのかなこれ？　噂ってのは思ったより厄介だねぇ」

まさかここにきて、後静さんの過去が関係してくるとは思ってなかったよ。それでも、弟子屈くんが理性的な方でよかった。

　そこまで深刻に考えてなかったけど、これは噂に早めに対処しとかないと七海にも危険が行くかもしれない。

「僕が好きなのは七海だけなんだけどなぁ……」

「きゅ、急にどうしたの……?!」

「いや、噂をどうにか払拭できないかなぁって。学校祭でカップルコンテストみたいなのがあれば、出場して噂の払拭ができそうだけど……」

　僕らしくもなくそんな提案を七海にしてみる。漫画とかだと結構あるよね、カップルコンテストって。でも実際にはそんなのないだろうし……。

「……じゃ、じゃあ……二人で出てみよっか？」

「え？　あるの？」

　期待に満ちた眼差しを僕に向けてくる七海に、僕は今更コンテストがあるとは思ってなかったとは言えなかった。

カップルコンテスト。正式名称は、ベストカップルコンテスト。

学校祭で毎年行われているステージの出し物の一つだ。確か、どこかの部活がやってるものだったと思う。その部活の伝統行事みたい。

一年の時は、まぁそんなのもあるよねぇ……って程度の認識だった。特にステージはチラッと見た程度だし、詳しくは知らないんだよねぇ。

だけど今は、見ておけばよかったなぁってちょっとだけ後悔してる。まさか陽信が出場をほのめかすなんて思っても無かったから。

ま、陽信のことだからコンテストがあると思ってなかったパターンかもしれないけど。

『それでシチミちゃん、カップルコンテスト出るんだ?』

「んー。出たいんだけどねぇ」

私はそのことを、帰宅してからピーチちゃんに報告してた。こうしてネット越しにお話するってちょっと不思議な気持ちだ。

『いいなぁ。私の学校でもカップルコンテストあったけど、縁がないから』

「ピーチちゃんの中学でもあるんだ？」

『うん。ペアルックで出たり、男装女装で出たり、着ぐるみとか変なカッコで出たり、みんないろんなことやってるよ』

私が出るなら……ペアルックとか？　いや、陽信に女の子のカッコさせるのもいいかもしれない。そうだよ、それなら……私の服を陽信が着て、陽信の服を私が着る……。

なんかいい気がする。ちょっとフェティッシュかもしれないけど。

『それにしても高校の文化祭かぁ。どんなことするの？』

「まだ決定じゃないけど、コスプレ喫茶的なものかなぁ。可愛い衣装着たりとか」

『コスプレ……』

そうだよ、コスプレで陽信に女の子のカッコしてもらうのも面白いかもしれない。メイド服の好みの話が出たけど、陽信にメイド服着てもらうとか。

陽信はけっこう筋肉があるから、たぶん身体の線とかが隠れるおっきめの服がいいだろうな。クラシカルな奴とか。

髪も短めだからウィッグ……いや、ウィッグよりも短い髪を整えるショートヘアの方がいいかな？　顔立ちが少し幼い系だから、可愛いメイドになりそう。

私プロデュースで、作り上げたい。

『おーい、シチミちゃーん？　聞いてるー？』

ピーチちゃんのその声で、私は我に返る。しまった、妄想にふけってしまった。

珍しくピーチちゃんが大きな声を出していたなぁ。普段は鈴の音のような可愛らしい声なんだけど、おっきくなってもそれは変わらないらしい。

あーあ、学校祭で会えたら楽しそうだったのに。

残念ながらうちの高校の学校祭は外部からの来客お断り……来られるのは生徒の保護者や家族のみ……という大変に厳しいものだ。ほんと、残念だ。

『じゃあ、シチミちゃんもコスプレするの？　うわぁ、見てみたいなぁ』

「いやー、まだ決まったわけじゃないから。でも決まったらコスプレしたいねぇ」

最初は裏方でお料理でも……とか思ってたけど、陽信がメイド服を見てみたいとか言ってたから、やっぱり衣装は着てみたいなぁ。

水着……はダメだろうな。さすがに水着メイドで学校にとかは無理だ。セクシー系はある程度は行けるだろうけど、水着はさすがに怒られる気がする。

定番なのはメイド服、チャイナ……あとは他校の制服もコスプレっぽくなるかな。セーラー服とか。後はアニメのコスプレとかかなぁ。

どうせなら、陽信が喜んでくれるのがいいかな。どんなの好きなんだろ？　学校祭で一緒に回るときにはそのカッコのままで回るだろうし、一緒に並んで歩いても変じゃないもの……。警察コスプレとか？　バニーガール……はダメだよね。怒られそう。

まぁ、その辺は決まってから考えようかな。

『でも、コスプレ喫茶って大変じゃない？』

「そうだねぇ、もしかしたら役割分担はくじ引きとかにするのかも」

一年の時も確か分担で揉めた時はくじで決めたし。今思えば一年の時も割と楽しかったけど、ここまで気持ちがアガったりはしなかった。

やっぱり、陽信がいるからなのか。それとも今年はクラスに一体感があるからなのか。

どっちにせよ、今年の学校祭は今からワクワクだ。

ワクワクしてた……けど、一つの心配事もある。それは……あの弟子屈くんのことだ。たぶん彼が……罰ゲームの告白を琴葉ちゃんにした人なんだよね。

あの時の琴葉ちゃんは、ちょっと……辛そうだったなぁ。せっかく楽しい学校祭なんだから、琴葉ちゃんにも楽しんでもらいたい。

何とかしてあげたいと思うのって、おせっかいかな。

「ピーチちゃん。好きな人に告白したけど……それを誤解しちゃうことってあるかな」

『え？　うーん……どうだろう。いまいちピンとこないなぁ。あるのかなそんなこと？』

「そうだよねぇ……」

弟子屈くんの言葉を聞いて、琴葉ちゃんからの過去を聞いて、なんだかちょっとだけあの二人の認識は若干の食い違いがあるような気がした。

弟子屈くんは、自分で台無しにしたって言ってた。琴葉ちゃんは告白後に罰ゲームだと知らされたと言っていた。そこがちょっと、違和感がある……。

……照れ隠し、なわけないよね。そんな照れ隠しするわけがないし、嫌われて終わりだ。

じゃあなんで、そんなことしたんだろうか。

二人の問題だけど、何とかしてあげたい気持ちがある。

これは罰ゲームって言う点で、私が弟子屈くんに少しだけ共感しているからなのか。それとも、琴葉ちゃんの方に共感しているのか。

うーん……やっぱりおせっかいかな。

それにしても今日の昼間はビックリしたなぁ。琴葉ちゃん、あぁいう怒り方するんだ。前の時にその片鱗はあったけど、怒ってるわけじゃなかったからなぁ。

やっぱり真面目な子が怒る姿は普通の人よりちょっと怖い……。

『こんどこそ許さないから』

「あっ……」

そういえば琴葉ちゃん、あのときはこんどこそって言ってた……。それってつまり、前のことはもう許してるってことなのかな？

端々で弟子屈くんの呼び方が昔の呼び方だったし。もしかしたら、琴葉ちゃんも仲直りしたいとか……？

今度、琴葉ちゃんに直接聞いてみよう。きっと、こういうのは本人に聞いた方がいい。

サプライズとか隠れて助けるとか……やらない方がいいだろうな。

弟子屈くんはどうやらそれを選択してたみたいだけど、琴葉ちゃんにそれは伝わっていなかったし。

うん、陽信にも相談してみよう。きっと彼も、弟子屈くんを気にかけてるから。

『カップルコンテスト、優勝賞品とかあるのかな？　優勝できるといいねぇ』

「うーん、優勝できなくても陽信と一緒に思い出作れれば……あ、そうだ。カップルで思い出したんで、ちょっと聞きたいんだけどさ」

『ん？　なにかな？』

「……私達の恋愛って……やっぱり普通じゃないのかな？」

陽信の手前、強がったけど……普通じゃないってクラスのみんなに認識されてるのはさすがにちょっとショック……ではあった。

ショックというか、クラスの皆の前では普通の恋愛してると思ってたから。だから私は、縋るようにその質問をピーチちゃんに投げかける。

私の問いかけに、ピーチちゃんはヒュウっという呼吸音だけを最後に沈黙してしまう。

そして、たっぷりと黙った後に……おずおずと口を開く。

『ふ……普通……』

「ごめん、気を遣わせて……」

明確な答えを示すように、絞り出したその言葉を私は受け止めた。やっぱり私と陽信の恋愛は少し変わっているのかもしれないと改めて自覚する。

クラスでも冗談で言ったけど……もう開き直って、少し変わったことを陽信にしてあげちゃおうかな。そんなことを密かに思うのだった。

◇◇◇◇◇◇◇◇◇◇

「陽信、何されたい？」

『どうしたの藪から棒に』

思い立ったら即実行、と言わんばかりに私は陽信に何をされたいか聞いてみた。藪から棒にって相変わらずちょっと古風な言い回しをするなぁ。

私がこういう提案をするのは初めてじゃないので、陽信も慣れたものだ。ちょっと呆れたような感じはするけど。

『もしかして、学校でのこと？　マジでなんかするつもりなの？』

「それもあるけどさぁ、カップルコンテスト出るなら変わったことしたいなぁと」

『お、おう……本気だったのそれ』

「えー、誘ったのは陽信からじゃなーい？」

分かっているけど、私はあえてちょっとだけ意地悪な聞き方をする。電話向こうの陽信がちょっとだけあわあわと慌てるのが分かった。

こういうやり取りも、ちょっと楽しい。

「まぁ、無理して出なくても大丈夫だよ。カップルコンテストがあると思ってなかったんでしょ？　皆の前って緊張するもんねぇ」

あれ？

陽信から返答がない。黙っちゃった。どうしたんだろ？

それから電話の向こうから音が聞こえてきた。音……っていうか、うーんうーんって唸る陽信の声だ。どうしたのかな。

しばらく私はその唸り声を聞いていた。なにを悩(なや)んでるのかな……って思ってたら、その答えは直後に返ってくる。

『……出るの、考えてみてもいいかもね』

へ？　と、私はその陽信の言葉に二の句が継(つ)げなくなってしまう。言葉が出ないだけじゃなくて、頭の中も真っ白になった。

え、出るって……出るってこと？　カップルコンテストに⁉　ほんとに⁉　スマホのハンズフリーで話してたのに、私は思わず手に取ってしまう。

ベッドの上で寝転(ねころ)んでた身体を跳(は)ねるように起こして、そして手に取ったスマホをゆっくりと目の前に置くと姿勢を正して正座する。

「ど、ど、どういうことでしょうか」

あぁ、なんか自然と敬語になっちゃってる。変に思われてないかなとか気にする余裕(よゆう)もない。次の言葉は何かなってドキドキする。

陽信もまた黙っちゃってるけど、さっきみたいな唸り声は出していない。

この沈黙が、さらに私のドキドキを加速させる。陽信も、ドキドキしてるのかもしれない。なんだか、沈黙が……耳に痛い。

『その……そのままの意味でさ、ほら……変な噂を払拭するためにはさ、色々と考えたんだけど皆の前で七海だけだよって宣言することが一番かなと』

「あ、あぁ……そういうこと」

思ったよりも冷静な意見が出てきて、私もちょっとだけ気持ちが落ち着いて幾分か冷静になることができた。

でも確かに、カップルコンテストに出れば二股とかハーレムとか変な噂は少なくとも大人しくなると思う。

だけどちょっとだけ、ちょっとだけそういう理由なのは寂しいなぁ。いや、わがままなんだけどね。後は、陽信が私のためにしてくれてるのも分かるし。

……一緒に出られるというだけで嬉しいのに、私は贅沢だ。

『それと……さ……』

「え？　ほかにも理由あるの？」

『うん。いや、理由って言うか……』

言葉がまた途切れる。他に理由って何があるかな？　あんまり思いつかないけど……陽信に何か困ったこととか……？

『結果はどうあれ、七海と二人の思い出がまた作れるかなって』

その一言に、私は身体の奥が熱くなってしまった。

あ、これ……あれだ、何回か味わったことがある。陽信に対して抱く感情。たぶんこれが、胸がキュンってする感覚なんだろうな。

「フフッ……結果はどうあれなの？」

『いやほら、コンテストって彼女自慢みたくなるから七海も好きじゃないかなって思ったんだけどさ、そういうの、高校でしかできないかもしれないじゃない』

「陽信は嫌じゃないの？　私が彼氏自慢……みたいな感じで陽信を紹介するのって」

『まぁ、苦手ではあるけどさ。それでも……一回しかない高校二年、七海とそういう思い出を作るならいいかなって』

確かに私もちょっと苦手……ではあるけど、同時に出てみたくもある。単純に陽信っていう私の彼氏をみんなに見せびらかしたい、自慢したいって俗っぽい考えからかも。

あんまり好きな考え方じゃないのに、そういう考え方が出ちゃうのはどうしてなんだろう。陽信は……どうなのかな。

『……七海はこんなに素敵な女性なんだよって皆に紹介したい思いと、僕だけが七海の可愛いところを知っていたいって想いがあるのかもね』

矛盾してるよねと、陽信は軽く笑った。

　二人して同じようなことを考えていて、私もちょっと笑っちゃった。

『でもなんかこう……いまいち『よし、出よう!!』って踏ん切りはつかないんだよねぇ……ちょっと情けないけど』

「まぁいいじゃない。エントリーはギリギリでもいいし、一緒に悩んでいこうよ」

『そうだね。一緒に考えようか』

「最悪、飛び入りで注目浴びちゃおう！」

『それは勘弁して!!』

　陽信もきっと、色々と変わろうとしてるんだろうなぁ。彼の話を聞くとなんとなくそう思う。きっと前は、そもそも出ようって考えすら無かったんだろうし。

　私が変わったように、陽信も変わっていく。

　それはきっと、素敵なことだ。私も素敵な方向に変わっていきたい。そう思ったら、なんだか彼の顔が見たくなってきちゃった。

「……ねぇ陽信、ビデオ通話に切り替えてもいいかな？」

『え？　いいけど……。そういえば、できるんだっけ……』

「できるよー、いくよー」

　私はベッドに再びぽふんと寝っ転がると、スマホを横に置いて通話を切り替える。少しして……スマホの画面には陽信が映った。

私の好きな、彼の姿が。

『あれ、七海もしかして……寝てたの？』

「んーん、寝っ転がっただけだよー。いつでも寝られるようにパジャマだけどねぇ」

ベッドの上で両手を広げて、私は陽信にパジャマを見せる。今日はお気に入りの可愛いパジャマだったので見せられてよかったかも。

かわいい？　かわいい？　っておねだりするみたいに言ってたら陽信も可愛いパジャマだねって褒めてくれて、嬉しくなってくる。

「えー？　可愛いのはパジャマなのぉー？」

自然と口調が甘ったるくなってくる。たぶん、周囲から見られたら呆れられるんだろうなってのが自分でも理解できた。私も後から自分を見たら呆れると思う。

それでも今は二人だけだ、だからめいっぱい甘くなってやる。女の子はいっぱい可愛いって言ってもらいたいのだ。

『……当然、パジャマを着てる七海が可愛いよ』

「うへへぇ……」

デレデレと頬を緩ませて、私も陽信もお互いに甘い甘い雰囲気になる。陽信は……なん

かどこかに座(すわ)ってるっぽいなぁ。

スマホを動かしながら着てるパジャマを陽信に見せつけてたら、彼は急にさっと顔を背(そむ)けた。画面に映った耳が少しだけ赤くなっている。

『七海……ちょっとはだけてる……』

え？　パジャマ着てるだけなのになんではだけて……。私は寝っ転がったまま首を動かして自身の胸元(むなもと)に視線を移す。

あ、そっか。寝っ転がってるから隙間(すきま)ができて、そこから下着が見えちゃったのか。これはでも……どうしようもないなぁ……。

「もう、えっち……」

『いや、これは不可抗力(ふかこうりょく)で……』

「うそうそ。見てもいーよー。ちょうど、可愛いの着けてるから見て見てー」

それからしばらく、私と陽信でちょっとした押(お)し問答(もんどう)が続く。見てもいいって言ってるのに律儀(りちぎ)だなぁ……。

別にこう……バッと前を開けて見せつけるわけじゃないんだし気にしないよ。それにほら、今更(いまさら)じゃない？　水着とかも見られてるし、色んなカッコ見られてるし……。

あ、でも男の人って恥(は)じらいはあった方がいいんだっけ？　難しいなぁ。

でも、恥ずかしがる陽信を可愛いって思うのと似たような気持ちだったりするのかな。それならちょっと気持ちは分かるかも。

恥ずかしがる姿は、可愛い。これはきっと万人が持つ感情だろう。きっとそうだ。主語が大きい気がするけどいいのだ。

……そんなことを考えたらいきなりバッと色々見せつけて、恥ずかしがる姿を見てみたい気もしたが私の中の自制心が顔を出して何とか耐える。

下着の話題から……逸らさないと……。

「陽信、今って何をしてたの？」

『ちょっとだけ、ゲームの周回をしようかなって』

「ピーチちゃん達とやってる、いつものゲーム？」

『うん。最近はあんまりできてなかったんだけどさ』

そんな他愛ない話を私と陽信は続ける。今日はお互いが自分の部屋にいるからなのか、普段の会話とはちょっと雰囲気が違う気がした。

私も寝っ転がってるからか、ちょっとボーっとしながらふにゃふにゃした気持ちでお喋りしてる。

そして、私と陽信は全く同じタイミングであくびをする。それがなんだかおかしくて、お揃いだねって笑いあう。

『僕もそろそろ寝よっかな……じゃあ今日は……』

「待ってー……よーしーん……このまま通話してよー」

まどろむ様な意識の中で、さっきよりも更に甘ったるい声を出す。普段なら絶対に出ない声。なんだか気持ちいいなぁ……このまま眠っちゃいそう。

だけどまだ……もうちょっとだけ……もうちょっとだけと思いながら、途切れそうになる意識を必死に繋ぎとめる。

『このままって……僕も寝っ転がっちゃうよ？』

「寝落ち通話しよー……ねおちつーわー……」

我ながらふにゃふにゃだ。陽信が何か言ったけど、私の耳には届かない。だけど彼がゆっくりと移動して……画面の彼が寝転がるのが分かった。

たまにはいいよね……こういうのも……。

「私達……一緒に寝たことあっても……寝落ち通話は初めてかなぁ……」

『そうかもね……なんか、いつもとはちょっと違う気分になるよね』

「えへへ……これからも……定期的に……したいなぁ……」

眠たいのに、寝たくない。となりで一緒に寝ているようで、ずっと起きていたくなってしまう。だけど、意識は途切れ途切れになっちゃう。

霧の中に迷い込んだみたいな、意識が霞のように消えちゃいそうな……そんな感覚。その感覚の中に、彼の優しい声が響く。

完全に意識がなくなる直前、彼のおやすみの声を聞いた気がする。

今日はきっといい夢が見られるだろうな。

私はそこで、繋ぎとめていた意識を手放した。

第三章　月明かりとウサギ

発想の盲点というか、実際にやればなんで気が付かなかったんだろうということは往々にしてあることだ。

先日の七海との寝落ち通話は……僕にとっての盲点だった。

正確には、盲点って言うほどに盲点ではなかったかもしれないけど。前に七海って寝落ち通話を知ってるのかなって僕も考えたくらいだし。

僕にとって盲点だったのは、ビデオ通話の方になる。

ほぼ毎日のように七海とは電話でも話していたんだけど、それは通話だけだ。そして僕の中での寝落ち通話のイメージは……眠るまで電話で話すだけ。

顔を見て話そうとか、そういう発想はどこにもなかったんだ。そして、スマホでそれができるってのも……知識としては知っていたけど結びつけていなかった。

それが先日、とうとう結びついた。その結果何が起こったかというと、僕と七海は……あれから頻繁に寝落ち通話をするようになった。

ていうか、毎日してます。

今までは電話して、通話して、眠くなったらお休みと言って電話を切る。そんな生活をしていたけど、それが一変した。

たった一回の寝落ち通話で、毎日のルーティンが変わった。

夜に、僕がベッドの上で寝っ転がっていると……七海も寝っ転がっている。そのまま他愛のない話を続けて、気が付いたら寝て……。そして朝になる。

これの凄(すご)いところは、下手したら通話状態が続いて朝起きたら七海の寝顔(ねがお)が目の前にあるような状態になることだ。

大体はどっちかが先に寝て、どっちかが通話を切るから、まず起こらない状態なんだけどさ……充電(じゅうでん)の問題とかもあるし。

だけど、それが一回だけ起きた。

もう、一気に目が覚めたよね。

ビックリって言う言葉では表現しきれないくらいの驚(おどろ)きだった。

昨晩は七海泊(と)まったっけとか、そんな訳の分からないことを考えて。そして起こしちゃ悪いかと思って静かにスマホに目をやって、そのまま朝の七海の寝顔を眺(なが)める。

通話が切れなくて、そのままになって、じっと七海の顔を見てたら……ゆっくりと彼女(かのじょ)

の目が開く。ドキドキしながらその瞼が徐々に開くのを僕は眺めていた。

天岩戸が開く時ってこんな気分だったんだろうか。

別に七海の瞼は開かないわけじゃないけどさ、それでも今まで閉じられていたのが開いて、彼女の瞳が現れる。

僕の好きな、七海の綺麗な瞳。

寝ぼけ眼だけど、その綺麗さは健在だ。どこか眠そうに目を開いた七海は、僕を見るなりニヘラっとだらしない笑みを浮かべる。

寝っ転がったままで、眠そうな七海は笑顔で僕におはようと呟いた。

僕も彼女におはようと返すと、そのまま七海は重力には抗えないと言わんばかりに瞼を一度閉じ、ベットに力なく沈む。

ほんの少しの寝息が聞こえ、すぐ途絶え、七海はカッと大きく目を見開いた。

「……え？」

目の前のスマホを認識すると、周囲を見回す。そして再度、僕に視線を戻す。

「う……うわぁ、見られてたの？」

ゆっくりと身体を起こした七海は、そのまま恥ずかしそうに毛布で身体を隠しながらスマホから距離を取った。

何回か目を瞬かせた七海は、落ち着いたのかちょっとだけ不満げに頬を膨らます。

どうやら、僕が先に起きて七海のことを眺めていたのがご不満のようだ……。そこから僕等はおはようと朝の挨拶をして、なんてことの無い話をぽつりとする。

そんな朝から幸せな日だった。まぁ、その日を境に夢の中にも七海が出てくるようになったんだけど。だからここ数日は、夢か現かが判然としない日々だったりもする。

だから、今の僕は毎日きちんと寝ているのに寝不足のような気分になっていた。寝落ち通話すると、眠りが浅いってのもあるかもしれないけど……。

色々と危険そうな気もするけど、止められない……依存してしまいそうだ。

ちょっと自粛しないとダメかなぁ……。

「ふわぁ……」

七海も眠りが浅いのか、学校でよくあくびするようになった。僕もつられてあくびするし、なんだったら一緒のタイミングですることもある。

お互いに眠いねぇ……とか言ってたら、クラスメートから揶揄われる。ちょっと前までなら、話したことのないクラスメート達にも。

「おいおい、お二人さん仲良いねぇ。なに、一緒に寝不足なの？」

揶揄おう……って意思は感じられる声色だけど、それ以外には嘲けったりとかそういう負のイメージが伝わってこない言葉に僕は少し安心した。

でもこれにどう返せばいいんだろうか？　やっぱり軽い感じでそうなんだよねとか、たまただよとかそういうことを言えばいいのかもしれない。

会話のコツは継続できるような言葉を続けることだって聞いた覚えがある。

ここでぶった切るようなことを言ってしまえば会話は続かないし、それこそ友達はきっとできない。僕としては友達を作るためにもここで最適な返答を……。

「そ～なの～……陽信が寝かせてくれないんだもん～……私もつい色々しちゃうし……」

しまった、考えてたら七海に先に返答された。僕は考えすぎなんだろうか？　ここはパッと答えておくべきだったのかもしれない。

七海がくしくしと目を軽くこすりながら、また大きくあくびをする。その口に指を入れたい衝動にちょっと駆られるけど学校なので我慢しないと。

……あれ？　なんか周囲が静かに？

「お、おぉ……そ……そっか、寝かせて……」

「ね……寝不足になるほど……？　色々……？」

あ、これ誤解されてる？

気づけば、質問をしてきたクラスの男子と女子が一歩引いたように赤面していた。ちらりと七海と僕の間に視線を泳がせ、そして二人で顔を見合わせる。

「で、でも……前にキスもまだとか言ってなかったっけ……？」

女子の方がなぜか食い下がってくる。なんでそんな食い下がってくるの。眠たそうな七海は、その質問を受けてちょっとだけ目が覚めたようだった。

そして、無言で僕の方を見てくる。

否定も、肯定もしない。ただ、ちょっとだけ頬を赤らめて、僕の方を見て……そっと顔を僕の方向から外す。僕も思わず赤面して……七海から視線を逸らした。

それだけで周囲は何かを察したのか、一度だけざわりと騒然となる。小さな声で「とう、したんだ……」という呟きが聞こえてきた。

僕等はそれに何も答えないで、沈黙で応えた。まるでそれが答えだと言うように。

「七海ちゃん、エッチなことしたの？」

そんな中で、あけすけな後静さんの言葉が妙に響く。

その一言を受けた七海も、僕も、周囲も絶句する。いや、なんか音更さんと神恵内さんだけが、笑いをこらえて真っ赤な顔してるのが視界に入った。

七海は顔を上げて、視線を逸らして……両人差し指を合わせながらポツリと呟いた。

「……それはしてない」

「なんだ、してないんだ。じゃあ今のってエッチなことじゃないんだね」

「え？　今のは寝落ち通話の話だけど……。なんでそんなこと……？」

そこでようやく、思考もはっきりしてきたのか……七海は自身の言葉を思い返して焦った表情を僕に向けた。うっすらと涙目に見える。

そこでそんな表情をされると、ちょっと可愛いと思ってしまうじゃないか。可哀そうだけど。可愛い。自重しろ僕。

周囲は寝落ち通話の話と聞くや否や、なんだか弛緩した空気になる。僕は後静さんに密かに感謝した。ただ、その感謝は早計だったと直後に思い知るけど……。

「じゃあ、七海ちゃんまだエッチなこととかしてないんだ」

「し、してないよ？　なんで琴葉ちゃんそんなこと聞くの……?!」

「単純に、好奇心かな。私もしたことないから、どんなかなって。まだなのは意外だけど」

「……だって陽信、手ぇ出してくれないし……」

おっとぉ、僕に飛び火してきたぞぉ？

また周囲から敵意のある視線が来るかと思ってたら、なんと男子は赤面して僕等から顔を逸らして、女子は赤面しつつも興味津々と言った感じで七海を凝視してる。

敵意のある視線とかじゃないのはありがたいけど、これはちょっと予想外。てっきり男子の方が興味津々になるかと……。

いやでも、これ以上はまずいな。

そう思ったタイミングで、ちょうどチャイムが鳴り響いた。

「はいはい、それじゃあホームルーム始めるぞー」

担任の先生が教室に入ってくるのと同時にみんな我に返り、蜘蛛の子を散らすように自席へと戻っていく。その様子に、何も知らない先生は首を傾げていた。

全員が自席に戻り、授業らしい空気になったところで先生が教壇の上でパンと一回だけ手を叩く。

「それじゃ、ホームルームを始めるぞ。今日は前回の続き……学校祭についてだ。それじゃ委員長たち、結果を報告してくれ」

それだけ言うと先生が引っ込み、委員長たちが前に出る。

今日は学校祭での希望した出し物……その抽選結果が報告される日だ。結果によっては、何をするかを改めて決める必要がある。

第一希望が通らなかったクラスは、一度だけ希望変更の機会がもらえる。まぁ、だいたいは第二希望に落ち着くんだけど。

なんだか妙な緊張感を覚える。寝落ち通話の時じゃないけど、なんだかドキドキしてきた。学校行事でこんな感覚になるなんて、僕にとっては初めてのことだ。

委員長たちがそろって前に立ち、そして……剣淵くんが一歩前にでた。

彼はわざとらしく、一度だけゴホンと咳ばらいをする。そして、大きく息を吸い込んだかと思ったら、よく通る声で宣言した。

「第一希望、通りました‼」

彼が両手を上げてガッツポーズをすると、それに呼応するようにクラス内も歓声が鳴り響く。あまりに響きがうるさくて隣のクラスから注意が来るくらいだ。

もう少し静かに……と、隣のクラスの女性の担任に怒られつつも、僕等は嬉しくなって教室内が騒がしくなる。

僕なんかも、柄にもなく両手を上げて喜んでしまったくらいだ。教室内が少し落ち着いたタイミングで、後静さんが口を開く。

「ステージじゃないけど、ほんとに剣淵くんはいいの？」

「いいのいいの。あんときは会議が進まなそうだから希望言っただけだし。青春できそうならなんでもいいさ。このクラスなら楽しくなりそうだしな」

「そう」

「うちのクラスの女子、可愛い子めっちゃ多いしな……コスプレ……‼」

「……そう」

おなじ「そう」の二文字なのに、全く意味合いが異なる響きだ。

でも僕も……正直に、その意見には賛成だ。僕の場合は可愛い子って言うよりも……七海に対してだけだけど。

「どしたの？」

いつの間にか隣に来ていた七海は、僕の視線に首を傾げる。

七海は何着るのかなぁ……。やっぱり話してたメイドなんだろうか？

「楽しみだね、学校祭」

「うん。一緒に回ろうねぇ。学校祭デートって楽しみだなぁ……」

デート……そう言われるとちょっと照れるな。でもそうか、これもデートになるのか。

僕にとってはデートって学校外でやるものの認識だったから。

まさか学校内でデートをするなんて。これ、普段の学校生活でもそれを思い出しちゃうんじゃないだろうか。

「それじゃ、出し物も決まったしうちのクラスの実行委員を決めたいと思います。二名選出しますので、立候補がいたら……」

騒がしさの中で、後静さんが説明を続ける。実行委員って……そんなものもあるんだ。

大変そうだなぁ。

当然ながら、立候補はいない。あれほど騒がしかったクラス内もシン……と静まり返ってしまって、さっきまでの盛り上がりが嘘みたいだ。

どんなことやるんだろうか？　ちょっと興味はあるけど……。

「実行委員と言っても、メインの文化祭実行委員はすでにいるので、今日決めるのはクラス代表です。文化祭の取り仕切りはしないので……」

とても優しい、丁寧な口調での説明だ。周囲に「だから安心して立候補してね」と言わんばかりの微笑みと語り口。

こんな状況じゃなければ聞き惚れていたかもしれないような、そんな安心感を覚えるような言葉だったけど……。それでも立候補は現れなかった。

「チッ……ダメか」

静かだった教室内がザワついた。いや、僕もビックリしたけど。後静さん、舌打ちとかするキャラだったの……？　あ、なんか剣淵くんがアワアワしてる。

「し……後静さん、あなたそんなキャラでしたっけ？」

「ん？　もう大人しい優等生はいいかなって。飽きたし」

芝居がかった仕草でウェーブのかかった髪をかきあげ、後静さんはどこか妖艶に笑みを浮かべながら事も無げに言う。

その言葉に、皆が面食らった。その立ち姿があまりに決まりすぎてたから。

「良い……」

嘘だろ。剣淵くんが頬を染めてあっさりと後静さんに落ちた。しかしそれでも、立候補の手は挙がらない……。

学校祭の準備は楽しいけど、きっとみんな……そういう委員はやりたくないだろう。これればっかりは仕方ない。

「……ちょっといいか？」

雰囲気がほんの少しだけ砕けた段階で、剣淵くんが手を挙げる。後静さんに促されて彼は静かに教壇に手を置いた。

「これは本人次第なんだけどさ……」

そう前置きした剣淵くんは、ちらりと僕を見た。真剣な眼差しにドキリとして、僕は少しだけ身体を引いた。

そして彼は少しだけ深呼吸すると、クラスではなく、僕に向けて言葉を投げる。

「簾舞、実行委員やってみない？」

「へ？」

まさかの提案である。いや、この場合は推薦が正しい表現か。それにしたって、なぜ僕にお鉢が回ってきたのだろうか？

困って返答ができない僕に、彼は続ける。

「簾舞、俺の案に真っ先に賛成してくれただろ。その時に、思い出作りたいってお前言ってたじゃん？　実行委員なら……良い思い出作れるんじゃねーかって思ってさ」

そんな前の発言を覚えててくれたのか。確かに僕、言ったけど……。それでもそれって、ハードルが高くないかなぁ。

「それに……」

途中で言葉を詰まらせた剣淵くんは、そのまま頭を振るとまっすぐに僕を見据えた。

そして、自身の胸を大きく張りながら力強くドンと叩く。

「もちろん、お前ひとりには押し付けない。俺も全力で委員長としてサポートする。だからその……やってみない？」

最後はちょっとだけ戯けたように、剣淵くんは僕に笑いかける。

学校祭の準備の時からチラッと思ってたけど、彼は……とても熱い男なんだろうな。僕とは正反対で、その姿がちょっとだけ眩しく見える。

自分から率先して何かを言う。クラスの空気を良い意味で変えようとする。

ちょっとお調子者っぽくも見えるけど。それもまた彼の魅力なのかも。

周囲にはどっちでもいいって空気が流れてるのがよく分かる。だからこの感覚はきっと、僕と彼だけのものだ。

逆の立場なら、僕も誰がなってもいいと思う。ましてや、普段からクラスに対してなじんでいなかった僕だ。その感覚は当然のことでさえある。

これは……いままで何もしてこなかったのに、いきなり友達を作ろうと考えていた自分が恥ずかしくなってくるな。

どんな時も積極的にクラスに関わろうとしてなかった僕が、なまなかな考え方でそんなことができると思うのか。なんて虫のいい話だ。

千里の道も一歩から、ローマは一日にして成らず、雨だれ石を穿つ。過去の言葉にあるように、まずは始めることだ。

七海に向けていたのと同じ気持ちで、その気持ちをほんの少しだけ別のことに向けよう。

ここからだ。僕は、ここから始めよう。

「……僕に務まるか分からないけど、やってみるよ」

ちょっと弱気な部分は出たけど、それは勘弁してほしい。何せ初めてのことだ。委員を積極的に受けるのも、やってみるよと誰かに言うのも。

それでもやってみたいと思ったから。僕はそれに頷いた。

剣淵くんと後静さんは、なんだか嬉しそうに笑っていた。周囲の空気は決まったかという安堵だけだけど、それだけでなんだか受けてよかったと思えたんだ。

すかさず、隣から声が上がる。

「んじゃ、もう一人は私ねぇ」

七海である。七海は嬉しそうにさっと手を挙げると、剣淵くんは即座に決定と黒板に僕と七海の名前を書いた。

ピースサインした七海が僕に笑顔を向けてくる。

「……良いの七海？　僕が勝手にやるって言っただけだし」

「なによー、陽信は私と一緒にしたくないのー？」

「いやまぁ、そりゃ……一緒だと嬉しいけど」

「でしょ？　これで準備の間も一緒にいられるねぇ。一緒にガンバローねぇ」

七海はニシシと歯を見せながら、悪戯するときの子供みたいに無邪気に笑う。僕もつられて笑ってたら……。

「ラブコメかよッ!!」

ツッコミが入った。

至極まっとうなツッコミと言わざるを得ないかもしれない。創作なら定番だろう、付き合う前の男女が実行委員になって仲を近づける。

それとの違いは、僕と七海はもう付き合ってるってことだ。

「まぁ、学校祭カップルはすぐ別れるらしいけど……もう付き合ってるならその心配もないかぁ。適任じゃない？」

「この夫婦がどんな委員やるのか、楽しみではあるよねぇ」

「簾舞君、七海に飽きたら私が手伝ってあげるからねぇ」

「誰ッ?! 陽信を誘惑したの!! 許さないからねッ?!」

誰が言ったかもわからない野次に、すかさず七海が激昂する。そんな雰囲気もなんだか少しだけ楽しくて、思わず僕は笑ってしまった。

「大丈夫だよ、僕が七海に飽きるわけないでしょ」

立ち上がって女子達を威嚇する七海に、僕は安心するように声をかける。七海はちょっとだけ不満げな様子だったけど、ため息をついて椅子に座った。

「陽信はズルい」

「そうかな？」

本音なんだけどなぁ。七海と一緒なら毎日楽しいし、きっと……ずっと飽きずに一緒にいられると思うんだけど。

七海はどうなんだろうか。僕は飽きられない男になれているのかな。

「なんか、無糖のコーヒー飲みたくなってきたわ」

不意に誰かが漏らした一言に、大勢が頷いている。

しまった、教室内だってのにいつもの調子を出してしまったか。変な雰囲気を出してしまったからか、なんだか頬を染める人が多くなっている。

「はいはーい、イチャついてないで……実行委員の二人は前に出て挨拶してくださいねぇ」

パンパンと後静さんが手を叩く。え……なにそれ、やんなきゃダメなの？

七海はためらいなく前に出て行った。足取りも軽くて、前に出ることを何も臆していないようだ。僕はというと情けなく、躊躇っている。

そんな僕を、七海は優しく手招きする。

……うん、そうだね。ここからだって決めたんだ。これが僕の一歩目だ。

緊張でなかなか動かない身体を無理やり動かして、僕はそのまま前に行く。変に注目されているようで、身体がなんだかピリピリ痺れる。

指先も冷たいし、変な汗が出てきてしまう。七海が優しく手招きしてるけど、こればっかりは止められない。

がんばれ、僕。がんばろう。

そのままクルリと反転して、僕は教壇から教室を見る。この前も教壇の方にはいたけど、あの時は騒がしかったし周囲を見回す余裕なんて無かった。

冷静に見ると、皆が注目してるのが少し怖かった。

だけど……。

「えっと……簾舞……陽信です。今回は……」

僕はそうして、しどろもどろになりながらも初めてみんなの前で挨拶をした。

まるでそれが、初めましての挨拶であるかのように。

◇◇◇◇◇◇◇◇◇

「マイちゃん、学祭の実行委員になったたってマ？　いーじゃんいーじゃん、ナナちゃんも一緒とかアガるねぇ。ブチアゲだねぇ」

「ユウ先輩……揶揄わないでくださいよ……」

今日は夏休み明けてから初めてのバイトの日だ。

久しぶりだったので、なんか変わったことあった？　って聞かれたので学校祭のことを話してみたらユウ先輩のテンションが上がった。

目をキラッキラに輝かせて、テンション高く弾むように歩いている。

僕は久しぶりのバイトだけど、思いのほか緊張感が無い自分に少し驚いてる。

最初は翔一先輩のヘルプとして、夏休みの間だけって話だったんだけどね。ありがたいことによければ続けてほしいと言われた。

昨今のニュースでも人手不足がよく取りざたされるし、きっと少しでも人は確保しておきたいんだろう。僕でお役に立ててるかは分からないけど。

試験の時はバイトを休んでも問題ないし、七海とのことも知られてるのでシフト等も融通を利かせてくれると言われたら断る理由も無い。

収入源はあればあるほどいい……僕にとっては願ったり叶ったりだ。改めてバイト探さなくてもいいし。

今は土日の昼間だけにしてるけど、そのうち平日の夜にも入れたいなとは思っている。雇ってくれた恩とかもあるけど、純粋な好奇心からだ。

準備時間が終わればもう少しで開店……。夏休み期間じゃない土日は初めてだけど、休みの日はどれだけ混むのかな？

その点は、少しおっかないな。

「ちなみに、ナナちゃんって今日来るー？　彼氏のバイト先に訪問……とかするの？」

すっかり七海のことが気に入ったのか、ユウ先輩は両手の人差し指を立てながらそれを左右に振る。

それがなにを示してるのか分からないけど、指を振った後にそれをくっつけてハートの形にして僕に突き付けてくる。

「ええ、午後に来ますよ。バイト終わったら一緒に学校祭の準備をするんで」

「ほへぇ、実行委員ってやつは大変だぁ」

「あぁいえ……僕が学校祭ってよく分からないので、デートがてら必要な物見たり、何を出すかを食べて決めようって話になったんです」

「なんだぁ、ラブラブデートか」

そっけない言い方とは裏腹に、ユウ先輩はニヤニヤと楽しそうに笑っている。

そう、準備にかこつけた学校祭デートってやつだ。喫茶で何を出すかってのを調査するから、百パーセント遊びってわけじゃない。

……調査と言いながら食べ歩きではあるけど。

「いーなーいーなー……あーしもナナちゃんみたいな可愛い子とデートしたいなぁ……」

羨ましそうに、ユウ先輩は開店準備をしながら上半身をぶんぶんと左右に振っている。

僕も一緒に準備してはいるけど、やっぱりスピードは段違いだ。

ふと見ると、ユウ先輩はうっとりとした表情で可愛い子とのデートを妄想しているようだ。あれ？　ユウ先輩って女の子好きなんだっけ？

いや、女子の友情は疑似的な恋愛感情にも似ているって聞いたことあるし……その類なんだろうか？

「ユウ先輩、彼氏とかは欲しくないんですか」

前に聞いたときには、先輩は彼氏いない歴イコール年齢だって言っていた。そういう意味では先輩は彼氏が欲しいんだと思ってたんだけど……。

先輩は両手を組みながらうーん……と難しい表情で唸っている。

「彼氏ねぇ。可愛い系の男子なら欲しいかなぁ。あ、顔は別にイケメンじゃなくてもいいよ、そーゆーの割と見飽きてるから。反応が可愛い系男子がいーなー」

ユウ先輩は照れくさそうにしているけど、けっこう意外な情報だ。いや、その片鱗は七海と初めて会ったときに見せてたのかな？

あの時も先輩、可愛い反応をした七海を自分にくれとか言いだしてたし。いやまぁ、七海は女子だからちょっと違うかもしれないけど……。

「でも可愛い女の子とデートしたいのも確かだし……もしかして、あーしって可愛かったらどっちもイケるのかも」

「なんですかその新たな発見みたいな発言は」

うぇっへっへっへとわざとらしく邪悪に笑いながら、ユウ先輩は僕に対してまるでおじさんみたいなリアクションを向けてきた。

「あーしもナナちゃんと遊びたいなぁ……。ねぇ、今度二人っきりで遊ばせてよー。変なことしないからー、絶対変なことしないからぁ」

「いや、そこ念押しされたら了承できないですよ」

「ちぇっー……じゃああれだ、あーしも彼氏作ってダブルデートだぁ……。彼氏かぁ……うーん……新たな発見もしたし、彼女作るかぁ？」

なんか変な悩みを抱えたユウ先輩を尻目に、僕は開店の準備を続ける。うんうん唸りつつも準備の手順は完璧だからこの人凄いなぁ……。

そして開店時刻になり、無駄話の時間も終わる。この日のバイトは……そこまで忙しくなかった。夏休みに比べると、お客さんはボチボチといったところだ。

七海が来るから、ちょうどいいと言えばちょうどよかった。

そういえば、店員として七海と会うのって初めてになるんじゃないかな。前はお客さんとして一緒に来ただけだし。

……いまさら、ちょっと緊張してきたかも。

僕がそれを自覚するのと同時に、カランカラン……と言う金属音が店内に響く。

いけないいけない、まずは仕事ちゃんとしないと。僕はお客様にいつもの挨拶をする。

誰なのかを確認する前に声は出す。元気よく……。

だけど僕は今回、その声を詰まらせてしまった。

「いっ……?!」

そこにいたのは七海である。

今日は少し暗い色の、かなりダボっとしたオーバーサイズのパンツに、白いシャツ、セーターっぽいアウターを羽織っている。

少し肌寒くなってきたもんね……でもまだ厚着するほどじゃないし、露出とのバランスを考えたコーディネートなのかな。

久しぶりに眼鏡をかけて、小さなバッグを肩から下げている。ボディバッグってやつかな。その眼鏡の奥の目はニコニコと笑っていた。

楽しそうな笑みを浮かべた七海に、僕も冷静に……冷静に笑みを浮かべる。

「いらっしゃいませ、一名様ですか？」

「いえ、三名でーす」

……さん？

笑顔のままで内心で疑問符を浮かべると、その言葉が合図かのようにまた扉が開く。カランカランと音を立てながら現れたのは……音更さんと神恵内さん。

こちらもめっちゃ笑顔である。

音更さんか上がアシンメトリーなへその出る上着にピッタリしたパンツ姿、神恵内さんはフリフリしたオフショルダーにショートパンツだ。……寒くないのかな？

「……いらっしゃいませ」

「いらっしゃいましたー」

三人とも声を揃えて僕のいらっしゃいませに答えてくる。これは完全に油断していた。まさか三人で来るとは思ってなかったよ。

「三名様ですね、かしこまりました。お席へご案内します」

僕はなるべく驚きを表情に出さないようにしつつ、彼女たちを席に案内する。三人とも「おぉ……」とか感嘆の声を漏らしてる。

「こちらのお席にどうぞ」

「はーい」

三人を窓側の席に案内して、僕が裏に回ってお冷やの準備をしてると……ユウ先輩がテーブルを見ながら小声で話しかけてくる。

「……マイちゃんマイちゃん……なにあの超絶可愛いエロギャル軍団は。めっちゃ肩出てるじゃん……うわ、すごっ……」

「人の彼女とその友達をエロでくくらないでください先輩」

「いやでも……うわぁ……眼鏡ナナちゃんかわいっ……なにあれ……ヤバ……」

先輩は眼鏡姿の七海にご執心のようだ。僕としては七海以外の二人に興味を持ってくれた方がありがたい……とかちょっと外道なことを思ってしまう。

いや、さっきの言葉で安心できなくなったからさ……。

「一人だったマイちゃんにあんなにお友達が……お母さん嬉しい……」

「なんですかその小芝居は……」

泣き真似をしながら面白そうに笑っている先輩だけど、ユウ先輩と会ったのは夏休みからだからそんな長い付き合いじゃないでしょうがと呆れてしまう。

というかこの状況、もしかして割と面倒くさかったりするのか？　外には三人、内には一人……それぞれが僕を面白がっているよな……。

とりあえず泣き真似をする先輩をそのままに、僕はいつも通りの仕事をしに七海の下へと行く。

「お待たせしました。ご注文がお決まりでしたらお伺いしますが……」

メニューとにらめっこしている三人にお冷やを渡して、いつも通りの接客をすると三人は感心したように僕を眺める。

「なんだ、ちゃんと接客できてるじゃん」

「だねぇ、簾舞って割となんでもそつなくこなす系〜？」

おぉ、褒められた……褒められたのは嬉しいんだけど、こういう時にどういう反応をすればいいのか……。バイト先に友人が来た時って……どう接すれば……？

想定外のことになると途端にできなくなるってのは、応用力が無いってことだろうな。この点が、僕の地力の無さってやつなんだろう。

学校祭の実行委員をやることで、この辺の弱点を克服したいなぁ。

「いやぁ、いっぱいいっぱいだよ……」

そんなことを返すので精いっぱいだった。仕事中だし、そこまでお喋りとかしちゃだめだろうけど、何も言わないのも愛想がないいし。

って……あれ？　七海が何も言ってこない？

二人もそれに気づいたのか、メニューから視線を外して七海を凝視する。七海はメニューに視線を落としつつも……僕の方をチラチラ見てきてる。

あれ？

「どしたの七海……？」

「いやその……」

七海はまるで隠れるようにして深く覗き込んだメニューをテーブルに置くと、目を閉じて大きく深呼吸する。

そして僕の方を見ながら、まるで何かに耐えるように両手で自身の頬を押さえた。

「エプロン姿で仕事してる陽信が可愛いやらカッコいいやら……」

「あっ……うん……えっと……ありがと……」

……まさかの時間差で言われるとは思わなかった僕は、そう返すのがやっとだった。

◇◇◇◇◇◇◇◇◇

学校祭の準備はあっという間に進む。思いのほか実行委員ってのは大変だと実感しながらも、周囲に助けてもらいながらなんとかやっていけていた。

学校への提出物、安全対策、飲食関連、材料の手配、メニューの決定等々……普段やらないものっていうのは精神的にも削られるものだ。

その辺の精神的な疲労は七海と……その、色々と癒し合いながら準備を進めていく。

「それじゃあ、今日は学校祭のメニューの試食会を行います」

僕の宣言で、教室に残ってくれた人たちがパチパチと手を叩いた。宣言した通り、今日は放課後にメニューの試食会を行うこととなった。

僕等が割り当てられた教室は割と広めの空き教室……というか、前に七海と抱き合った教室だった。何という偶然なんだろうか。

そこかしこに学校祭らしい飾り付けがされていて、準備の進み具合を物語っている。

「おぉ、これ旨いなぁ。家でもできそう」

「うんうん、簡単だしいいよねぇ」

「私はこれちょっと苦手かも～……」

そこかしこで感想が聞こえてくる。おおむね好評のようでよかった……。

「うんうん、準備が順調で何よりだ。これビール欲しくなるな」

先生も一緒になってつまんでいる。さすがに学校祭でお酒は出せないので、ジュースオンリーだけどね。

僕等が喫茶店で出すメニューのメインは、ポップコーンだ。

うちの学校祭は火を使えないけど、ホットプレートとかは許可されている。それでも作れるメニューは限られているし、万が一にも食中毒とかは出せない。

届け出とか食中毒を出さないための指導とかは学校からみっちりとやられて、そのうえでメニューとかの審査(しんさ)も入る。

更(さら)には……他のクラスとかぶったらメニュー変更とかも言われるケースもある。その辺の諸々(もろもろ)をクリアして、ようやくこぎつけたのがポップコーンだった。

「ポップコーンってなんか昔に流行(はや)ったんだっけ？」

「ネズミのテーマパークだと定番らしいよね。行ったことないけど」

「流行りに関係なく、映画館だとついつい買っちゃうよね」

みんな、色々と味を変えたポップコーンを思い思いに試食して感想を言う。塩、キャラメル、バター、コンソメ、カレー、チョコレート、しょうゆ……。

出来合いのポップコーンに後から味をつけるので、食中毒の心配も抑えられる。僕でもできたくらいで、そんなに難しくないし。

「陽信、良いの思いついたよねぇ」

「いやあ、僕の手柄(てがら)じゃないんだけどね。バロンさんに手伝ってもらったし」

そう。僕は今回、バロンさんに学校祭の準備を手伝ってもらった。主に計画とかそういう事前準備の部分で。

最初からそういうつもりだったわけじゃなくて、学校祭の委員になったことを伝えたら何の気なしに提案されたんだよね。『よかったら、計画立てとか手伝おうか?』って。最初は迷ったんだけど、中学、高校一年とろくな青春を送ってこなかったのでみんなに迷惑をかけるくらいならとお願いすることにした。

『あのキャニオン君が立派になって……おじさん嬉しい』

なんかユウ先輩と似たようなこと言われてしまったけど。というかその言い回し、流行ってるんですか?

ポップコーンだけなら少し飽きるかなと、他にもワッフルとか出来合い系のお菓子とかもデコレーションしたり、映えるように盛って提供する。

ホットプレートで作るもの……とかも追加で考えたんだけど、あんまり多くても対応が難しいし、大変すぎるかなと今回は取りやめた。

学校祭はあくまでもお祭りだ。楽しまないとね。幸いにしてうちの学校は学校祭の出し物を順位付けて……とかはないし。

おっと、僕もポップコーン食べようかな。僕は近くにあったポップコーンを手に取って口に運ぶ。うん、美味しい。

ポップコーン……凄く久しぶりに食べた……いや、食べたことあったっけ? さすがにあるか。

「私もたーべよ。あー、久しぶりだなぁ。キャラメル味美味しいー」

「七海はキャラメル味が好きなの？」

「んー、甘いのなら大体好きかなぁ。食べ過ぎるとすーぐお肉になっちゃうけど……胸とかまだ大きくなってるし……」

「……それは大変だね」

いや、大変って言っていいのか。素晴らしいねと言うのもおかしな話なので、たぶんこれで合ってるはずだ。

七海は最後の胸のくだりだけ、僕にだけ聞こえる小さな声で呟いていた。耳元まで近づいてこなかったのはきっと教室だからだろう。

放課後の学校で、みんなで集まってワイワイしながら何かを食べるってのはなんだか不思議な気持ちだなぁ。

気持ちが高揚してくるっていうのか……お祭りの準備ってこんな感じなんだな。

「そういえばさ、初デートで映画見に行った時ってポップコーン買わなかったよね」

「あー、確かにそうだったねぇ。あの時って僕等……飲み物も買わなかったよね……？」

「だってほら、初デートで緊張してたからさぁ……」

「……僕も緊張してたなぁ。今度行くときはなんか買ってみる？」

七海はいいねぇと言いながらポップコーンを口に運ぶ。甘いのを食べた後はしょっぱいのが食べたくなるのか、今度はコンソメ味を食べている。

皆に好評でよかったなぁ……と思ってたら、七海がポップコーンを手にしてポツリと呟いた。

「今度……陽信の部屋で一緒に映画見るときとか用意しよっか……」

「あー……。そ、それも楽しそうだね……」

確かに部屋で一緒に映画見るとかしたことなかったなぁ。でも、部屋で一緒に映画を見るときって部屋の電気ってどうするんだろうか？

やっぱり真っ暗にした方が良いのかな。家で映画見るとき……電気消してないけど。

「えっと……ほら、陽信。こっちの味もどうかな？　あーん」

「うぇっ⁈」

映画の話題でちょっとだけ照れくさそうにした七海が、その照れくささを誤魔化(ごまか)すためにポップコーンを手でつまんで僕に食べさせようとしてくる。

香りからして……カレー味かなこれは？　変わり種のポップコーンだ。

あーんしてもらうのは初めてじゃないからそれ自体は良いんだけど、問題は距離(きょり)だ。いや、僕と七海の距離じゃなくて……食べ物と七海の指の距離のことね。

ポップコーンはつまんで食べるから、指で直持ちだ。

それをあーんされるって……。いや、引いたら七海ショック受けるか。うん、いってしまおう。

僕は七海の指からポップコーンを口に運ぶ。さすがに七海も僕の口の中に指を突っ込むってことはしなかったけど、それでも僕の唇が七海の指に触れる。

ちょっとだけ音が鳴って、僕の中にポップコーンが放り込まれる。

カレー味のポップコーンが、なんだか甘いような気がした。七海は自分もしてほしそうにポップコーンの入った容器を差し出して……。

そこでその行動は中断となる。

「お前ら……いい加減にしろよ……」

横からそんな声が聞こえて、僕も七海もハッとしてそっちの方向へと視線を向けた。そこには……固唾をのんで僕等を見守るクラスメイトの姿があった。

女子達は頬を染めながらものすごい真剣な表情で僕等に視線を向けている。中には両目を隠してその隙間から見ている人もいた。

男子達は呆れと嫉妬と怒り等、様々な感情をはらんだ視線を僕に送ってきている。七海にそういう視線は向いてなくて、あくまで僕だけだ。

先生は……普通に半眼で呆れてる。

「……初美ぃ……あの二人ってあれがいつものなの？」

「あー……うん、まぁ……だね。あれが普通。ヤバいときはもっとヤバい」

「話には聞いてたけど、まっさかここまでとはねぇ……お互いにデレデレじゃん……」

「しかもあれでまだ一線越えてないんだよ～」

「いやそれは嘘だろ……。嘘だろ？」

音更さん、神恵内さん、詳細を説明してないでちょっとフォローしてよ。いやいやいや、嘘じゃないから、僕らまだ何にもしてないから。

音更さん達の周囲にはわらわらと、僕等の話に興味を持った人たちで溢れかえった。そういうのは本人に……いや、聞かれても困るか。

だれ今ポップコーンの肴にちょうどいいとかわけわかんないこと言った人。普通はそこって酒の肴とかじゃないの。未成年だから飲めないけど。

めちゃくちゃ恥ずかしいけど、僕としてはもうどうしようもないなぁと。ここはもう、開き直るしかないんじゃないだろうか。

「じゃあ、七海。はい、お返し」

「このタイミングでやるのッ⁉」

「ほら……なんかオチを付けないと収拾付かなそうで……」

「そんなこと気にしないでいいから‼」

いやまぁ、そうなんだけどさ。僕も恥ずかしくて混乱しているようだ。普段なら絶対にこんなことしないし。

とんだ試食会になってしまった……。まぁ、写真とか取られていないだけまだマシかもしれない……。

「七海、さっきのお前らイチャついてるのアップしてもいい？」

「絶対ダメ‼」

撮られてた。うん、僕もそれはごめんこうむりたいところだ。

七海は女子達の群れに突撃して、きゃあきゃあとスマホを向ける彼女たちと何やら格闘を始めた。こういう時は……男は参加しない方が良いよね。

あ、音更さんと神恵内さんも静観してる。なんか、お母さんみたいな慈愛に満ちた瞳を七海に向けてる気がするんだけど。

「七海が……七海が彼氏のことで女子とわちゃわちゃしてる……」

「成長して……おね～ちゃん嬉しい……」

わざとらしくハンカチを目元にやって二人とも泣き真似をしてる。ってやっぱりその言い回し流行ってるの？　偶然の一致なの？

「もう‼　今日はこれ以外もやるんでしょ‼　衣装着るんでしょ⁉」

顔を真っ赤にさせた七海が、女子達の中心で叫んだ。

七海の声でみんなも思い出したかのようにハッとする。そうだったそうだった。すっかり忘れてたけど今日は試食会やって、衣装も仮で着てみるんだっけ。

衣装に関しては、すでに自前で衣装を持ってる人はそれを持ってきたり、学校祭の費用で購入したり、作る人は作ったりと各自で対応していた。

今回の僕等はコスプレ喫茶だ。色んな衣装を用意して華やかにみんなをおもてなしする。テーマを決めてもよかったんだけど、コスプレはコスプレで一つのテーマかなとも思ったので……。ちゃんとしたお店ならコンセプトとか決めた方が良いんだろうけど。

みんなでワイワイ楽しみたいなら、きっとこれでいいんだろう。あぁ、でも……ハロウインも近いしその要素も装飾には取り入れたっけ。

「じゃあまず、女子着替えてくるねー。陽信、楽しみにしててね」

「あ、うん……行ってらっしゃい」

立ち上がった七海に連れられるように、女子達が更衣室に移動していく。学校祭が近いからか、廊下の飾りつけもされていてそれが開いたドアから見えていた。

さて、七海が戻ってくるまでの間何をしてようか……と思ったら、僕の隣に一人の男子がドカッと腰を掛ける。

剣淵くんだ。うん、さすがに僕も名前を憶えてる。

「あれ、剣淵くん。どしたの？」

「簾舞、ありがとな」

隣に座るなり剣淵くんは、僕に向けて礼の言葉を投げてきた。そんな礼を言われるようなことってしてないんだけど。急にどうしたんだろう。

僕が呆けているのを感じ取ったのか、剣淵くんは手にしたポップコーンを摘まみながら言葉を続ける。

「ほら、俺の意見に賛成してくれたり。今回の実行委員を引き受けてくれたりさ」

「あぁ、いやいや……そんな大したことはしてないよ。僕自身が選んで行動したんだしさ」

って、この言い方はちょっとそっけなかっただろうか？　いや、僕としても全然そんなつもりは無かったから他にどう言えば……。

そっけないかなと思って内心焦っている僕に、剣淵くんは爽やかな笑みを返す。

「そうだとしても、俺はすげー嬉しかったよ。一年の時から誰ともつるまねーし、何考えてるかよく分かんねーやつだなーって感じだったけど、話したらおもしれーしな」

そんな評価だったんだ、僕。でもこれは全く反論できないなぁ。すべての評価が妥当すぎる。

「だから学校祭、楽しもう。みんなと良い思い出作ろうぜ！」

彼は僕にスッと手を伸ばす。こうして対話して、手を差し伸べられるのは初めてのことで、どうしたらいいのか分からなくなる。

だけど僕は、自然に剣淵くんから差し出されたその手を取ることができた。なんだか、七海と手を繋いだ時とはまた違った緊張感があるなぁ。

握手したその手は、なんだか熱く感じられた。

「そうだね。よろしく、剣淵くん」

「水臭いなぁ、くん付けなんていらねーし、名前で呼んでくれよ。あ、俺も陽信って名前で呼んでもいいか？」

「え？　うん、僕は良いけど……。えっと、名前……名前……」

……どうしよう。名前、名前かぁ……。名前呼び……。

あれ？　剣淵くんの下の名前って……なんだっけ？

握手したまま固まって、僕は滝のような汗をブワッと吹き出させる。そんな僕の様子を見て、剣淵くんはすべてを悟ったように真顔になる。

「……簾舞、まさかだけど……一年から同じクラスである俺の名前を……知らないと？」

「え、あの……えっと、えーっと……」

僕は言葉に出せずに、彼の問いかけに小さく頷いた。いやだって、ほんと……ごめん、知らないのを知ってるとは言えないでしょ。

プルプルと握った手を震えさせた彼は、ゆっくりと僕から手を離すとそのままクルリと踵を返す。

「畜生!!　簾舞なんて嫌いだぁぁぁぁぁぁぁ!!」

「えええええええええッ?!」

ダッシュで彼はクラスから飛び出して走り去ってしまった。握手のために上げられた手は、そのまま行き場を失くして彼の背を追うように宙ぶらりんになる。

友達ができたかもと思ったら、その人は泣いて走り去っていってしまいました。

うん……これは……僕が悪いね。

◇◇◇◇◇◇◇◇◇

走り去った剣淵くんは、すぐに戻ってきた。さっきまで泣いていたのが嘘だというくらいにだらしのない笑みを浮かべて。

それは非常にだらしのない笑みで、戻ってきた彼は僕と肩を組んで「まぁ、そういうこともあるよね」とか何とかいってまたすぐに僕から離れる。

何でこんなに上機嫌なんだろうか……？　と思った理由はすぐに判明した。教室のドアがガラリと開き、着替えに出ていた女子達が戻ってきたからだ。

「おらー、男子どもー!!　コスプレ女子のお通りだぞー！　道を開けろー!!」

いわゆるクラスの陽系女子達が、色んなコスプレで教室に入ってくる。みんな普段は学校でできない衣装だからか非常にテンションが高い。

装いも華やかである。ナース服、警察官、シスター、メイド服、キョンシー、園児服……。やりたい放題感がすごい。

前に七海に、プリクラでコスプレするからあんま抵抗ないなって聞いたことあるけど、みんなノリノリである。

アニメのコスプレしてる子もいるけど、過度な露出はそこまでないかな？　事前に言っておいてよかった……。これならまぁ、大丈夫かな？

……あれ？　七海は？

女子達は今、男子に見せびらかしてキャッキャとはしゃいでいる。男子は男子でコスプレ女子達に喝采を浴びせていた。

だけど、その中に七海がいない。よく見ると、音更さん達もいないや。どしたんだろ？

「お客様、いかがなさいましたか？」

「うわっ?!」

七海を探してきょろきょろしていた僕の背後から声がかけられる。この声は……誰だ？クラスの人をほとんど知らないけど、聞いたことのないキレイなハスキーボイスだ。

思わず後ろを振り返ると、そこにいたのは……イケメンである。

髪を一つ縛りにした、燕尾服……いや、タキシード？　同じものなのか？　よく分からないけど、執事のような衣装に身を包んだ一人の美男子だ。

「えっと……？」

美男子は左手を胸の前に当てると、右手を後ろに回して優雅に頭を下げる。美しいその所作は思わず見惚れるほどのものだ。

って……あれ？

「はい。申し訳ございません、七海お嬢様はもう少しでいらっしゃいますので、このままお待ちいただけますか」

イケボだ。めっちゃイケボ。姿勢もキレイで、下手な男よりもずっとカッコいいその姿は……当然のようにクラス中の女子から黄色い悲鳴が上がる。

「……凄くカッコいいね」

「へへ、そうだろ。ウチも初めて男装したけど、悪くねーなこれ」

僕が褒めると、音更さんは一つ縛りにした髪を指で弾いて姿勢を崩す。

いつもの調子に戻るんだけど、服装が違うからめちゃくちゃカッコいい男子にしか見えない……。こんなに変わるものなのか。

その後ろから、神恵内さんがにゅっと顔を出す。音更さんに注目してたから、全然いたのに気づかなかった。

「初美がこんなイケメンになるとはねぇ。まぁでも、割と女子にもモテてるからねぇ～」

「あん？　そんなこと言われたことないけど」

「隠れファンが多いってことよ～」

神恵内さんの服はフリフリとしてるけど、胸元が大きく開いて谷間を見せたセクシーなエプロンドレスのようだ。

右にエプロンの結び目を垂らした、セクシーなのにどこかメルヘンチックな感じのする衣装……。なんかどこかで見たことある衣装だなぁ。

「神恵内さんのその衣装って？」

「あ、可愛(かわい)いでしょー。これ、前にデートで行ったフェスでお姉さんが着ててさぁ～。着てみたかったんだよねぇ～」

「確かに、似合ってるね」

両手を広げてクルクルとその場で神恵内さんは回る。思い出した、確かこれディアンドルって衣装だ。ドイツの衣装。ネットで見たことある。

こちらもだいぶ胸元が開いてるので人目は引きそうだ。この二人が並んでいると、メイドと執事のセットみたいにも見える。

「……七海は？」

「七海はちょっと着るのに手間取っててねぇ。いま、委員長と来るよ」

そんなに難しい衣装を着ているの？　って難しい衣装ってなんだろうか。あんまりみんながいる前で露出が高いのは……と思ってたら、ガラガラと後静さんが入ってくる。

その姿に、男子はみんなぎょっとした。

後静さんは真っ赤なものすごい丈の長い上着に、これまたものすごい丈の長いズボンをはいている。胸元は晒しのようなトップスを巻いているだけでそれ以外は露出してる。

……いわゆるあれは、特攻服というやつでは？　背中に変な漢字が書かれてるし。

まるで古めかしいヤンキー漫画から出てきたようなその姿だけど、ウェーブしている髪も相まって、めちゃくちゃ似合ってるな。

僕もだけど、男子はみんなポカンと後静さんを見ている。先生に至っては「な、なんか悩みでも……?!」と狼狽えていた。これは、先生の心労がまた増えるのか。

似合ってはいるけど、僕も意外すぎる装いにポカンとしてしまう。後静さんはそのまま一度顔だけを教室の外に出す。なんか、誰かと話をしてる。七海かな？

「……随分みんな個性的だけど、七海は何のカッコしてるの？」

随分引っ張るなぁと思いつつ、僕は七海がどんな衣装を身にまとっているのか内心で凄くドキドキしていた。

そんな僕の反応を見て、音更さんと神恵内さんは悪そうな笑みを浮かべる。何だろうかその笑みは……。七海はどんな格好を……。

「七海はなんと、今日だけバニーガールだ!!」

バニーガールッ?!

バニーガールって、あのバニーガール？　兎の耳を付けたあれ？　え？　待って、なにそれ……待って?!

音更さんの言葉に、周囲の男子達も色めき立ったのが雰囲気で伝わってくる。これはやばい……七海を隠さないといけない!!

というかこの二人がそんなチョイスをするとは予想外すぎた、てっきり七海は露出のおとなしい服にするのかと……。いや、バニー服って露出自体は低めか？

いや、そんなことよりもそんな服の七海って……?!　見たいけどそれは二人の時にしてもらいたい……!!

そして僕の葛藤なんて知らないと言わんばかりに、無情にもドアは開く。

そこから入ってきた七海は……。

「えっ……?!　なんでこんな注目されてるの?!」

教室に入ってきた七海は、身体をビクッとさせて一歩だけ後ずさりする。僕はダッシュして彼女の姿を隠そうとして……足を止める。

「あれ？」

「へ？　よ、陽信どしたの？　あ、これどうかな？」

七海は僕に見せるように、一歩踏み出して手を広げる。

彼女の身体は、ピンク色になっていた。全身がもこもことした生地に包まれていて、肌の露出なんてほとんどない。

……これ兎の着ぐるみ系部屋着じゃないの？

「ちくしょおおおおおお!!」

唐突に教室内に響く声。教室全体を震わせ、空気を震わせ、窓ガラスがその声量で割れるんじゃないかと錯覚する。

なんと、クラスの男子のほとんどが机や地面に倒れこんで慟哭していた。どうやら七海の格好を見ての慟哭のようだ。

そんなにショックだったのかと思いながらも、僕は一人でホッとしていた。

着ぐるみのパジャマのようなダボダボの服だ。露出してるのは手の先とか足の先とか、顔とかその程度で肌はほとんど出ていない。

動きやすさはあまり考えられていないのか、七海の身体のラインも一切出ていない。フードには耳が付いていてそれもまた可愛らしい。

「うん、可愛いよ」

「えへへ、よかったぁ」

七海は嬉しそうに両手を口元に当てて喜んだ。うん、可愛らしいな。

「まぁ、これも兎だからバニーガールだし。嘘は言ってないよね」

「いや、茨戸（ばらと）がバニーったら期待するじゃん!!」

「みんなの前でなんて、着るわけないでしょ……」

女子と男子が侃々諤々（かんかんがくがく）とした討論してる。期待しちゃうのが男の子って意見はちょっと分かる。

でも僕は、七海の身体がみんなに見られなくてよかったって安心感しかない。

でもこうなると、一つ気になることがある。なんで今日だけなんだろ？

音更さんはさっき今日だけって言った。つまりそれは、本番当日は違う衣装を着るってことだ……なんでそんなことを？

これはこれで可愛いと思うんだけどなぁ。

「それじゃ、これから男子の着替えもやるぞー!!」

その号令に合わせるように、女子達に男子がガシリと肩を掴（つか）まれていた。何人かは観念したように目を閉じている。

女子達は楽しそうだ。とても楽しそうに……色んな衣装や化粧（けしょう）道具を持っている。

実はまぁ、コスプレをするにあたり男子はどうするって話になった。基本的に女子がやったら華やかだし男子のコスプレなんて需要（じゅよう）ないだろうって意見も出た。

僕としても、僕がコスプレする意味はあんまりないよなって感じだったので、男子は良いんじゃないかって話に傾きかけた。

これに、一部の女子が反発……というか、だったら自分たちに着せ替えさせろという話になったのだ。

ちなみに七海も反発した側だ。

これはその予行練習……である。なんか女子達の手にメイド服とか色々と見えるんだけど気のせいだろうか。気のせいかなぁ。気のせいだといいなぁ。

「それじゃ、陽信はこっちねぇ」

「へ？」

僕も七海にガッシリと掴まれて、後ろにズルズルと引きずられていく。クラスの男子が僕の名前を呼ぶ声が聞こえ、僕はその声に向け手を伸ばした。

だけど、伸ばした手は虚しく空を切る。抗えないという現実を受け入れた僕は、その手を力なくだらりと下ろした。

別に僕の着替えなら教室でやればいいじゃない。なんでわざわざ……僕だけ違う場所に向かっているんだろうか？　というかどこに向かってるんだろうか？

うちの学校、共用の女子更衣室はあるけど男子更衣室は無かったはずなんだけどな。まさか、女子更衣室に行くわけはないし……。

あれ？　この方向って……元の教室に向かってる？

「よーし、着いたよー」

「着いたって……教室じゃない」

そう、ここは見慣れた僕等の教室だ。今日は学校祭の準備で遅くまで残っているので、もう誰も残っていない。電気もついていないので、とても暗いなぁ。

こんな暗い状態の教室を見るのは初めてだ。なんか入りにくい雰囲気がある……。夜の学校が怖いって言われるのがよく分かる。

「じゃあ陽信、入ってねぇ」

「あ、うん……」

七海はドアをガラリと開けると、僕を教室に押し込んだ。教室内……ほんと暗いなぁ……どこが自分の席だろ？　普段と雰囲気も違うので全然分からない。

そのままガラガラ……とゆっくりとドアが閉まる音がする。

……電気は付かない。

え？　なんで？　暗いままで七海の足音と衣擦れの音が響いてきた。

スタ……スタ……と、一歩一歩、ゆっくりと僕に近づいてくる。ちょっとしたホラー映画の気分だ。七海はそのまま、僕の目の前で立ち止まる。

「……七海、どうしたの？」

「……」

七海は無言のままだ。電気も付いてなくて暗い教室だけど、窓から射す月明かりのおかげで、視界が確保できるくらいには目が慣れてきた……。

僕は電気を付けようかって一言が言えずに、七海をただ黙って見ていた。

そして七海は……。


その着ている……ウサギの部屋着を脱ぎだした。


「ッ?!」

七海は前についているファスナーを一気に下ろし、ガバリと前を勢いよく開ける。あまりの勢いに、僕は目を逸らすのも忘れてしまっていた。

部屋着の下からは……黒い服が見えた。黒い服って言うか……なんかこう……見たことのあるスーツというか……。

そのまま七海はゆっくりと、丁寧に着ぐるみを脱いでいく。するりとすべてを下ろして、服から足を抜く様は異様な色気を感じられた。

ポカンとする僕の前で、七海はゆっくりと移動すると近くの席の中から大きなカチューシャのようなものを取り出し頭に付ける。

そこで我に返った僕は、今の七海の服装がなんなのかをようやく理解する。


これって……バニーガールの服？


肩を大胆に露出したレオタードのようなボディスーツ、首に巻かれた蝶ネクタイ、両手のカフスに、両足には網タイツを穿いている……。

え？　え……?!

混乱する僕に、七海は腰に手を当てて少しだけ斜に構える。

「どう……かな？」

「ど、どう……って……?!」

カッコいい立ち方にセクシーな服装、可愛らしい七海の表情……と、全部の要素がいっぺんに含まれている服装だ。

「……すごく可愛いよ。セクシーさと美しさも感じる。でもなんでそんな恰好を……？」

「えへへぇ……可愛いかぁ、嬉しい……」

バニー姿の七海はそのままピョンと、まるで本物のウサギのように軽く跳ねる。それから自分の机の上に座ると、まるでグラビアアイドルみたいなポーズを取った。

目の前には七海の……その姿があり、僕は目が全く離せない。

「えっと……今だけなら写真撮ってもいいよ……？」

……どんなサービスだ。あと、どんなお店だそれは。とりあえず僕はすぐに写真を撮りたくなる衝動を抑える。

「いや……なんでバニーガールに？」

「陽信、驚くかなって」

驚いた、すっごい驚いたよ。え？　それだけなの理由?!

なんて言ったらいいんだろうか……と、僕が言葉を失っていると七海はそのままの姿勢で説明を続ける。

「……この前さ、陽信のバイト先に行ったじゃない」

「あ、うん。そうだね、来てたね……」

「その時に、ナオちゃんに教えてもらったんだぁ。みんな上に無難なの着ておいて、その下にセクシーで可愛いバニーを着て当日に脱ぐんだって」

「何教えてるのあの人?!」

まさかバイト先に来た時にそんなこと教わってるなんて。そういえばなんか話をしてたけど、そんな話なんて想像もしてなかった。

七海はピョンと飛ぶように机から飛び降りると、僕にスマホを見せてきた。

「ほら、ナオちゃんの。すっごいセクシーだよねぇ。バニー喫茶(きっさ)をやったんだってさぁ」

スマホの中には、バニーガール姿でピースサインするユウ先輩(せんぱい)の写真が映されていた。

確かにセクシーではあるんだけど、よくこれを学校祭でやろうと思ったな。

「絶対に怒(おこ)られるでしょ……」

「バレてガッツリ怒られたって」

あぁ、やっぱり。だろうね。

でもなんでそんな危ないことを、七海は今やったんだろうか……? いや、僕としてはすごく嬉しいけど。そういう姿の七海を見られてすごく嬉しいけど。

「……陽信が準備とか頑張(がんば)ってたから、こういうの見せたらご褒美(ほうび)になるかなって」

僕が思っていることをピタリと当てるように、七海は自身の姿を手でなぞりながら僕に対して視線を向ける。

確かにご褒美だけど……まさか目の前で脱ぐとは思わなかったよ。嬉しいけど。

「ところで、なんで電気付けないの？」

僕もだいぶ目が慣れてきたけど、さっきから七海は電気を消したままの教室で僕にバニー姿を見せつけている。

色んなポーズを取っているし、見られている自覚はあるようだけど……。

じゃあ、電気付けた方が良いんじゃ？

「えっ……?! そ、それは……」

僕の言葉に、七海は急に慌てだした。どうしたんだろうかと思ったら、七海はちょっとだけ照れたように僕から視線を逸らす。

「あ……明るいところだと……はっきり見えて恥ずかしいし……」

……うわ、めっちゃ可愛い反応。学校だっていうのに思わず抱きしめてしまいそうになった。きっと彼女の頰はピンク色に染まっていることだろう。

まぁ、暗くても月明りである程度は見えてるからこれで我慢……と思ったら。

パチリ。

そんな音が僕の耳に急に届いた。プラスチックがぶつかったような、何かのスイッチが切り替わったような、そんな無機質な音が。

そして、世界は光に包まれた。

いや、変に中二病的な表現をしてしまったけど、単純に教室内に電気が点いた。

さっきまで暗がりだったからはっきりとは分からなかった、七海のバニーガール姿が僕の目の中に飛び込んでくる。

ただ明るさが違うだけで、別に七海の服装がさっきから変化したわけじゃない。なのになんで、こんなにも刺激が違うんだろうか？

一瞬の間があったけど、七海はすぐに両手で自身の身体を隠すように覆う。

「ヒゥッ……!?」

悲鳴を上げたらどうなるか分かる程度には冷静さが残っているみたいだけど、それでも真っ赤になって七海は声にならない悲鳴を上げた。

その姿をバッチリ見てしまった僕は、七海の姿を記憶してからドアの方へと視線を向ける。そこにいたのは……。

「……なんで、電気点けてないの？」

後静さんだった。彼女は電気のスイッチに手をかけたままで僕と七海の姿を見て固まっている。七海も後静さんに視線を向けて……隠していた手を元に戻した。

「琴葉ちゃん、どしたの……？」

「七海ちゃんたち、ちょっと遅いから様子を見に来たの。暗いからいないのかなと思って点けたんだけど……」

そこまで口にして、後静さんはハッとする。

そして僕と七海の間で視線をいったりきたりさせる。何かを察したかのように申し訳なさそうに眉を下げ、片手を上げながらおずおずと口を開く。

「も……もしかして……お邪魔だった？　こう……教室でしようとしてたとか？」

「違う違う違う！　しようとしてないから‼」

僕も七海もそろって後静さんの言葉を否定する。さすがに教室でとかどんな上級者だ。そんなことをしようとはしていない。

抱きしめたりとかはしそうになったけど、理性の糸は切れていない。

「ええ……？　七海ちゃん、こんなにエロエロバニーなのに……？　簾舞君、本当になんにもしないの？　しようとしてなかったの？」

「……さすがに教室ではしないよ？」

僕は暗に教室以外……部屋とかだったらヤバかったと口にするけど、僕の言葉が信じられないのか、後静さんはでも……とかなかなか納得してくれなかった。

あろうことか後静さんは「これでもダメなのか」とかまで言い出した。え？　まさかこのカッコって後静さんも入れ知恵したの？　ユウ先輩だけじゃなくて？

「ま、学校ではほどほどにね、もうちょっとしたら戻ってくるって皆には言っとくから」

最終的に彼女は、納得してくれたのかしてくれてないのか曖昧な言葉を残して去っていった。七海がハッキリと見えるようにか、電気を点けたままで。

そして教室にはバニーガール姿の七海と、制服の僕が残る。

なんかどっと疲れた……。僕は適当な席に座って、七海はその隣の席に座る。

七海はそのまま机に突っ伏すと、僕の方へと顔を向ける。バニー姿の七海が机に突っ伏す姿は……かなりシュールだ。

「……陽信に、ハッキリ見られちゃったぁ」

困ったように眉を下げながら、七海は誘っているかのごとく色っぽく微笑む。その笑顔に、僕はさっき七海の姿をハッキリ見た時よりもドキリとする。

「……当日、それは止めてよね」

さすがにこの姿の七海を人目に……。いや、僕以外の男の目に晒すのは嫌だった。独占欲とか嫉妬心とか色んなものでグチャグチャになる。

僕の言葉を受けて、七海の笑みの種類が変わる。さっきまでの蠱惑的なものから、無邪気に喜んでいる少女のような笑みに。

「……嫉妬しちゃうかな？」

「するよそりゃあ。僕以外の男がそれを見るのは……許せないな」

僕の言葉に、七海はますます笑みを深くする。僕はそれを見て、苦笑した。

「大丈夫大丈夫、これは陽信に見せたかっただけだからさ。当日は違うの着るよ」

七海は再び立ち上がってその場でくるりと回る。恥ずかしさも吹っ切れたのか、僕に全身を見せつけるように。

……意外と前より後ろの方が破壊力ヤバいか？　お尻のあたりとか……。

いや、いかんいかん。抑えろ僕。

でも、今日だけだってのは……安心したよ。もしも七海がこの格好を本番もする気だったなら僕は全力で止めてたよ。何をしても止めてた。

七海のこの姿は……僕だけが知っていればいい。

「……そういえば、そんな服どこから持ってきたの？」

「ナオちゃんからだよ？　今回のクラスの衣装にも協力してくれたんだ」

だからみんな、色んな衣装を着てたのか。めちゃくちゃバリエーション豊かだったしね
……って……なんでユウ先輩、そんなに衣装を持ってるの？

「なんか『将来彼氏ができた時のために準備してた』とか言ってたよ。ナオちゃんならすぐに彼氏できそうなのにねぇ」

……ユウ先輩も、だいぶ偏った人のようだ。見た目はイケイケの黒ギャルなのに。

「それで、当日はどんな服にするの？」

「それはほら……当日までのお楽しみで。まぁ、前日には分かっちゃうけど」

フフフ……と、口の中だけで七海は笑うと大きく身体を伸ばした。身体を伸ばすと、よりラインがはっきりと分かるので……なんだか気が気じゃなくなる。

「さて、それじゃあ陽信のお着替えもしましょうか!!」

そういえば……僕はこれから七海に衣装を選ばれるんだっけ。何を着せるかは七海が自分に任せてほしいって言ってたから……。

そこで僕は、さっきの七海の言葉を思い出して背筋がゾクリとする。さっき『衣装にも協力してくれた』……って……。

「……ち、ちなみにさ、七海は僕に……どんな服を着てほしいの」

嫌な予感を覚えつつ……恐々と、震える声で問いかける僕の言葉に七海はちょっとだけはにかんで……楽しそうに応えた。

「あの……これ……」

それは大き目の、沢山のヒラヒラフリルが付いた可愛らしい……メイド服だった。

幕間　二人のメイド

学校祭は、準備している時が一番楽しい。

そんな言葉を聞いたことがあったけど、確かに準備の時間は楽しい。去年の学校祭の時の準備よりも、今年は特に楽しかったと思う。

それはやっぱり、陽信が一緒にいてくれたからだろうなぁ……と、私は一人でだらしない笑みを浮かべた。

「あれ、七海ィー……旦那はー？」

「旦那様なら、今日の申請出しに行ったよ。もうちょっとで戻ってくると思う」

「……うっわ、まさかの返しだぁ」

こんな揶揄いも慣れたもの。というかむしろ旦那とか言われるのは嬉しい。ちょっと前なら照れて、あたふたしちゃってたかもしれないけど。

学校祭の準備もほとんど終わり、セッティングも完了して……いよいよ本番は明日に迫ったところで、クラスのほぼ全員が放課後に集まっている。

終わっているのに、わざわざ集まって何をするのかと言うと……。

前夜祭だ！

と言っても、学校主導の前夜祭じゃない。うちの学校には前夜祭は無くて、あるのは後夜祭だけ。

前夜祭は各クラスが勝手に……いや、正確には届けは必要だけど……自主的に行ったり行わなかったりする。

準備が間に合わないクラスは前日まで準備を、間に合ったクラスは届け出をだして校内での前夜祭が許可される。

大体のクラスは前夜祭がやりたくて、準備を早めに終わらすんだよね。うちのクラスも幸いにして間に合った。

「いやぁ、それにしても七海のカッコはエッチだねぇ……眼福眼福……」

「エッチって何さ、露出も少ないし普通じゃない？」

「いやいやいや、めっちゃ胸強調してるじゃん。なにその飛び出す絵本みたいな飛び出し方は。お姉さん許しませんよ、許すけど」

「絵本ッ⁈」

私は指さされた胸を隠しながら、そのまま身体全体を隠すように身をよじる。それ言われたら気になっちゃうじゃん。

そんなに……エッチかな？

私は自身の身体を見下ろすけど、あまりそうは思えていなかった。むしろ露出に関してはかなり抑えているし、可愛くてお気に入りだ。スカートは短いけど。

今の私はメイド服を着ている。やっぱりこれが定番だよねってことで、陽信が喜んでくれるものを選んだ。

確かにこう……エプロンが胸の下に来て強調してるかもしれないけど。それでも私より露出が激しいメイド服を選んだ子はいっぱいいるし、そっちの方がエッチじゃないかな。

「ガーターベルトがまた、たまりませんな」

「いやいや、私はガーター無しの黒ストも捨てがたいと」

「えー？　白ストの方がエロカワじゃない？」

「ニーソの絶対領域も……」

なんか、みんなしてメイド服……いや違うな、メイド服じゃなくて足の話だ。なんでそんな男子みたいな話をしてるの。

「陽信がこれで可愛いって言ってくれたから、私はそれでいーの」

「はいはい、彼氏持ちは良いねぇ……」

「つか、それでエッチするの？」

「しません!!」

借りものだし……と言いかけて私はその言葉を止める。まるで借りものじゃなかったらするかのように聞こえるからだ。藪蛇になる。

大体初めてはもっと普通のが……。いや、考えるのはここではやめとこう。

「……七海も変わったねぇ」

私がうんうん悩んでいたら、しみじみとした呟きが聞こえてきた。変わったって……私が？　私はそうかなって首を傾げる。

陽信と付き合ったこと以外は、私自身はそこまで変わった認識は無かったんだけど。

「こんなに男のこと話す七海って、少し前なら考えられなかったよねぇ」

「そうそう。合コン誘っても全然来なかったしさぁ」

「七海来ないとあからさまにがっかりされるんだよねぇ。女のプライド傷ついたわぁ」

「初美と歩のガードも凄かったもんねぇ。告白の時に必ず待機してたし」

「エロい話とか興味あるみたいだけど興味ない感じ装ってたしねぇ。真っ赤になって可愛かったけどさぁ」

次々に出てくる、昔の私の評価……というか、私も知らなかった話まで出てきている。

いやまぁ、男子苦手だったから仕方なかったじゃない。多少は苦手意識は緩和されたけど、陽信以外の男子は今もちょっと……ってなるし。

でもそっか、私って……変わったんだ。

「前の私の方が良かったかな？」

「んーん。今の七海の方がいいよ。可愛いし」

今更ながら変わったという事実を聞いて、それがいいのか自分では判断付かずに聞いたけど、みんな即座に応えてくれた。それが嬉しかった。

「そういえば、委員長はダイジョブなの？」

へ？　琴葉ちゃん？　なんで？

「あー、委員長めっちゃ可愛くなったよねぇ。なんか簾舞には気を許してる感じだし。夏休みなんかあったのかな？」

「でもなんか無防備で見ててハラハラするよね……。そういうのに無知って言うか……無頓着って言うか……。狙ってる男子、増えたんじゃない？」

可愛くなったのは同意だけど、なんで陽信が出てくるんだろ。

「でもさぁ、簾舞がギャル好きだからイメチェンしたんでしょ？　気を引くのに」

「あー、なんかそんな噂もあるよねぇ」

なにその噂。私が聞いたことあるのとちょっと違うんだけど……。琴葉ちゃんが陽信の気を引くためにって。あれやったの私なのに？

正直、噂自体についてはあまり気にしてないし、どうでもいいってのが本音だ。だけどその噂を聞いて……みんながどう思っているのかは、ちょっとだけ気になる。私の評価よりも陽信がどう思われてるかって。悪く思われると嫌だな……って。

「陽信が二股してるとか……そういうのは聞いたことあるけど……。みんなそういう噂って……どう思ってるの？」

私が恐々とその噂を口にすると、みんなは言葉を失くしてしまう。

時間にして数秒って程度なんだけど、その沈黙がちょっと怖くなって私は血の気が引くのを感じていた。だけど……。

次の瞬間、大爆笑された。

「へっ？」

みんな笑ってて、だけど嘲るとか馬鹿にするような感じじゃなくて……ただおかしくて笑っているようだった。

なんで？　って私が混乱してると、みんな噂について口々に言う。

「へ？」

「何々、七海ー、そーんなアホな噂気にしてたのー？　可愛いなぁほんとー」

「ほんとほんと、簾舞が二股とか……どこ見たらそんな発想出るんだか……。少なくともアタシらは信じてないよー。簾舞が二股とかありえんわ」

「つかさぁ、あーんだけ七海にベッタリでイチャイチャしながら二股してるとかだったら、もう男なんて信じらんないよねぇ」

「そうそう、私が彼氏に二股かけられてた時と全然違うからねぇ。いや、三股だっけ？」

最後の待って、それ大丈夫だったの？

でもどうやら、二股系の噂についてはみんな全く信じていないようだった。みんなは笑いながら、陽信がどれだけ私に対してベタ惚れてるのかを第三者目線で語る。

……そんな感じで見られてたんだ、陽信って。

それを聞いて、私は……嬉しくなってきた。よかった、陽信を見ている人は彼をそういう人じゃないって分かってくれていて。自分のことのように嬉しい。

「だからまぁ、あれだよねぇ。いくら簾舞がギャル好きでも委員長に勝ち目ないよねぇ」

って、陽信がギャル好きだって噂は信じられているんだ……なんで？　普通はそっちも信じられないんじゃないのかな……？

「えっと、琴葉ちゃんのカッコは、イメチェンで私がしてあげたんだよ」

「そうだったの？　七海ぃ、ライバルに塩送っちゃダメだろー」

「へ？　ライバル？　ないない、琴葉ちゃん……たぶん好きな人いるし」

たぶん……だけど……。あくまでも私の予想だけど。

私の説明にみんな目を点にしてキョトンとしていた。どこか少しだけ……期待していたものとは違ったみたいな表情にも見える。

「なぁんだぁ、三角関係とか……めっちゃ面白い話なのに違うのかぁ」

「違うからね、怒るよ？」

どうやらそっち系の……ドロドロとした恋愛模様をみんなお好きなようだ。

私がちょっとだけ頰を膨らませると、みんなでわざとらしくキャアと怯えたようなオーバーリアクションを取る。まったくもう……。

そんな話をしてたら、陽信が教室に戻ってきた。

その姿を見つけた私は彼に小走りで近寄ると、彼はちょっとだけ恥ずかしそうに笑う。

メイド服姿で。

可愛い……可愛いぞ、陽信。前夜祭だから着なれておこうって着てもらったけど、大正解だ。これはいいものです。

……よくよく考えたら、よくそのカッコで職員室行ってくれたね。着替えるのがめんどくさいって言ってたけどさ。

「旦那さんごめんなさいねぇ、奥さんお借りしてましたー」

「ほーんと、夫に愛されてて羨ましいよねぇ。ラブラブ夫婦は犬も食わないねぇ」

「わんこみたいにお迎えして、愛されてますねぇ旦那様ー？」

いつの間にか背後に来ていたみんなが、揶揄うように私達を囃し立てる。

もう、またそれ⁉　奥さんとか……私は嬉しいけど、陽信がそんないじられ方したの初めてじゃないの⁈　みんなの方を向いて文句を言おうとしたところで……。

陽信から、予想外の言葉が飛び出した。

「いえいえ、妻がお世話になったようで」

にこやかに、朗らかにその言葉を口にした陽信とは正反対に、ピシリと空間に音が鳴って、時間が制止したようにみんなが動かなくなる。

唐突な陽信の返しに、さっきまで私を……私達を囃し立てていた子達も絶句する。

それは私も同様だ。こんなことを言うなんて考えもしていなかったし、今までもはっきりとつ……つ……妻とか、妻とか‼　そんな単語を言ったことなかったじゃない⁉

「あ、あれ？」

急に陽信が困ったように、ちょっとだけ笑顔を引きつらせながらほほをかく。あんな発言をしておきながら、いきなりのトーンダウンだ。

「スベっちゃったかぁ。こういう返しをした方が面白いかなと思ったんだけど、やっぱり慣れないことはするもんじゃないねぇ」

発言を外してしまったという思いからか、彼の頬は羞恥(しゅうち)に赤くなっていた。誤魔化(ごまか)すようにアハハと笑いながらなんか熱くなってきたとパタパタと服を扇(あお)いでる。

私はどういう反応をすればいいんだろうか？

「……簾舞って、もしかしておもろい？」

「割と天然系？」

「……意外と可愛くね？　メイド服マジック？」

その言葉でフリーズしていた私は我に返った。みんなの陽信への評価が上がるのはいいけど、いいんだけど……なんかモヤモヤする。

モヤモヤした私は……。

「わ……私のだからねッ?!」

あろうことか、陽信に抱き着いてみんなの前で私のもの宣言をする。

すぐに頭は冷えて冷静になるけど……一気にボンッとまるで爆弾(ばくだん)が爆発(ばくはつ)したような感覚が私を襲(おそ)う。なに言ってるの私……なに言ってるの?!

周囲はポカンとしてから、すぐに異常な盛り上がりを見せる。というか、私の周囲だけじゃなくてクラス全体がこっちに注目しているし。

身体が動かなくて、動かせるのは首くらいだ。ど、どうしよう。

あわあわとみんなと陽信の顔を視線を行ったり来たりさせてしまう。みんなは笑ってて、陽信は苦笑してた。

「大丈夫大丈夫、取らないからなぁ。安心しなよー」

「不安になる七海可愛いなぁ」

「あ、そんなに心配ならさぁアレ出たらいいじゃん、アレ!!」

「アレ？　アレってなにさ」

「ほら、学校祭のベストカップルコンテスト！　アレに出てみんなの前でチューってすれば変な噂も一発でしょ」

「できるわけないでしょ?!」

唇を突き出しながら私に抱き着いてくる友達を制しつつ、私は全校生徒の前で陽信とキスする自分を思い浮かべる。

……いや、無理でしょ。あと流石に怒られそうだし。

「ほーら、お前ら。七海困ってるからそれぐらいにしろよ」

騒ぎを聞きつけたのか、初美が後ろから皆を引きずっていく。執事服で女子達に囲まれてキャアキャア言われてたみたいだけど、やっと解放されたみたい。

歩は歩で、男子達にまだ女子としての行動の心構えを実演を交えて説いていた。

ほとんどの男子は……女装させられてる。似合う男子、似合わない男子、開き直ってる男子、恥ずかしがってる男子……反応は様々だけど、みんな歩を食い入るように見てる。

たぶん、ディアンドルだから別な意味で食い入るように見てる気もするけど。歩は基本的に、修兄以外に見られても気にしないからなぁ……。

「それじゃ、そろそろ前夜祭を始めようか」

話題を変えるような陽信の言葉を受けて、私は彼と揃って黒板の前に立つ。いよいよ前夜祭かぁ……。楽しみだなぁ。

「簾舞ー、乾杯の音頭取ってくれよー」

「ええ……無茶ぶり？」

急に出てきた野次のようなフリに、陽信は咳ばらいを一つして……ちょっとだけ恥ずかしそうにしながらも話を始める。

「……えー、皆さん日々の準備お疲れ様でした。僕はこういうのやったことが無いので拙い委員ではありましたけども、皆さんのご尽力のおかげでここまで準備ができ……」

「硬い硬い硬い!!　真面目か!!」

　ツッコまれてしまって、周囲から笑いが起こる。確かに硬かったよねと、私もちょっとだけ苦笑した。陽信は、なんだか楽しそうに笑っている。

「……正直さ、僕ってクラスに全然馴染んでなかったよね。ずっと一人で、それでもそれを寂しいとも何とも思ってなかった……です」

　周囲の空気が、少しだけ変わる。

「そんな僕だけど、七海と出会って……色々と経験して、きっかけはその……変なことでもあるんだけど、クラスの皆と一緒に学校生活がしたいなって思うようになった」

　一言一言、まるで大切なものを運ぶように、言葉を紡ぐ。

「ずっと無関心だった僕だけど、この学校祭を通してクラスの皆と話して……少しは仲良くなれてたら嬉しいなって、思ってます」

　ちょっとだけ、泣きそうになる。でも泣かない。まだ、前夜祭なんだし。

「あ、明日の本番はみんなで楽しみましょう、乾杯!!」

　彼の乾杯の言葉から一息遅れて、皆も乾杯と大きく叫ぶ。そのまま飲むのかと思いきや、示し合わせたようにみんな紙コップを机の上に置いて……拍手をした。

　照れたように陽信はペコペコと頭を下げる。私も合わせて、皆にお辞儀した。

「結局茨戸との惚気かよチクショー!! 羨ましいぞー!!」

「メイド服でいいこと言うなよー!! どう反応すればいいのか分かんねーよ!」

「なんで微妙に似合ってるんだよ!」

また野次が飛んで、笑いが起こる。私はその声に応えるように……悪い笑みを浮かべて陽信の腕にくっついた。

また歓声が起こって、陽信がまるでそれを分かっていたかのように口にする。

「彼女ですから」

彼の言葉に、またもやチクショーという叫びが聞こえる。それがまるで合図かのように、前夜祭が始まった。

みんながワイワイと楽しむ中で、私と陽信は二人でみんなが見える場所に座る。

「陽信、お疲れ様でした。かんぱーい」

「七海もお疲れ様でした、乾杯」

改めて、乾杯して……みんなを見る。大変だったねとお互いをねぎらう中で、陽信はポツリと呟いた。

「楽しかったなぁ」

心の底からのその言葉を聞いて、私は心の中がポカポカと温かくなるのを感じた。

「本番は明日だよー？　過去形にするのは早くない？」

「そうなんだけどさ、こういう学校行事に参加したのってほとんど初めてだったから……。なんかこう、しみじみと楽しかったなぁと思っちゃって」

七海のおかげだよ。ありがとう……。

そういわれて……私は思わず彼にくっついて。教室内じゃなかったら、キスしてたと思うくらいに嬉しかった。ほっぺにしそうになったけど、我慢した。

そのタイミングで、私と陽信の前に一つの影が差す。

ちょっと古めかしい、だけど微妙に妖艶な雰囲気の衣装をまとった……ヤンキー風の琴葉ちゃんだ。

周囲がザワザワとする中で、琴葉ちゃんは少しだけ躊躇いがちに……私達にだけ聞こえる声量で言葉を発する。

「……二人に、相談があるんだ。明日のこと。いいかな？」

その言葉を聞いて、私と陽信は声を揃えて答えた。

もちろんだよって。

第四章 無礼講にも程がある

遠足の前日、ワクワクしてしまって眠れなくなる。誰しもそんな経験をしたことがあるというけれども、恥ずかしい話だが僕はそういう経験をした記憶が全くなかった。

七海とのデート前日に、緊張して眠れなくなるってのはあったけれども……純粋に学校行事が楽しみで眠れなくなるというのは無かったと思う。

そんな僕が、まさか前日に眠れないという経験をするとは思ってなかった。

七海に眠れないからって連絡しようかなとも思ったんだけど、起こしちゃ悪いからと連絡はしなかった。だから、ちょっとだけ眠い。

「眠れないなら連絡くれれば、子守唄とか歌ってあげたのに」

七海からそんなことを言われてしまった。子ども扱い通り越して赤ちゃん扱いですか。いや、それはそれで……うん、ありだけどやめておこうか。

今日はとうとう……学校祭当日だ。校長先生による開催の言葉も終わり、準備も万全。みんな気合を入れて着替えている。

学校祭は二日間で行われて、明日は後夜祭まである。

後夜祭は実行委員主催でイベントをやるらしいけど、後夜祭かぁ。一年の時はすぐに帰ってゲームしてたけど……。今年はたぶん、後夜祭までいるだろうな。

「いよいよだねぇ、楽しみ！　頑張ろうね陽信！」

「うん、頑張ろうね」

両手をグッと握って気合を入れている七海の姿を、僕は改めてじっくり見る。

七海は……非常に胸を強調した、フリルの沢山ついたミニスカートのメイド服を着ている。エプロンドレスが胸の下で途切れていて、その大きな二つの丸みを主張させてる。スカート丈も短くて、そこからガーターベルトが伸びて黒いニーソックスのようなストッキングを支えていた。頭部にはヘッドドレスだ。

確かに露出度は前に見させてもらったバニーガールよりは低いけど、セクシーさでは非常にいい勝負をしている。人によってはこっちに軍配を上げるかもしれない。

もうちょっと色々と抑えたら……と提案したら、それは可愛くないと却下されてしまった。やっぱり、女子の可愛いは男子にとっては目の毒なんだろうか。

裏を返せば、男子にとっての目の保養とも言えるけど。

「もう少しでチャイムが鳴ったら、模擬店等の開催です。安全には十分に注意しながら、学校祭を楽しみましょう！」

僕の言葉にみんなも答えてくれていた。しかし……こうしてみると女装男子も男装女子も結構いるな。いや、男子はほぼ女装だから……見た目だけなら男子の数が少ない。

今は全員がここにいるけど、全員で接客をするわけじゃなくて交代制だ。シフトも組んだし、開店と同時に何人かは他の模擬店に行くだろう。

ちなみに、僕と七海はシフトを合わせてもらった。最初は私情を挟むのはどうかとも思ったんだけど……みんなから逆に一緒にいろと言われてしまった。

なので、そこはみんなの好意に甘えさせてもらうことにした。

「それにしても……女装しても簾舞は簾舞なんだな……」

「こういう時は女装したら女の子と見間違うばかりに可愛いってのが定番なのにな」

「そんなことあるわけないでしょ……。ってか、それはみんなも同じでしょ」

そりゃそーだと、僕をしげしげと眺めてきていた男子達が豪快に笑う。ちなみにみんな女装していて、チャイナ服とかセーラー服とかを着ている。

ただ、イケメンに属する男子はかなり似合っている。神恵内さんの講習のおかげか、わりと仕草まで女性らしい。

僕を茶化してきた男子も、僕よりは割と似合っているんじゃないだろうか？

「えー？　そんなことないでしょ？　陽信が一番、可愛いと思うよ」

ぴょこんと僕の後ろから顔を出す七海の言葉を、みんなそれは身内のひいき目だなと一笑に付す。七海には悪いけど、それは僕も同意……。

と思ったら、七海からの怒涛のプレゼンが開始される。

「みんなよく見て、陽信の来ているメイド服はクラシカルなものにしたの。それにはいくつか理由があるんだけど……聞きたいかな？」

静かだけど、よく通るその声をみんながハッとして聞き入る。七海は僕の全身をなぞるように、今の僕の服装を説明する。

「陽信は体つきが割とガッチリしてるから、それが目立たないように服は少し大きめに……肩を隠して、腰をキツめに絞ることで、シルエットを女性的にしたわ」

七海の言葉に、自身の腰や肩に男子達が触れる。そして自身の身体を見下ろして何人かは口惜しそうに唇を噛む。……いや、なんで？

口惜しそうな彼らを見ても、七海の独白は止まらない。

「そして首回りと隠すことによって喉仏を見えなくしたの。意外と喉って男性と女性で全く違うんだよ。さらに、白手袋で清楚感をアップさせると共に手を隠す……」

何人もの男子が自身の喉をハッと隠したり、自身のむき出しの手を見て絶望したような表情を浮かべている。

待って、どうしてみんなそんなに悔しそうなの。

なんか、僕に向ける視線が変わってきてない？　さっきまでの楽しそうなものから、ちょっと嫉妬の混じったものになってない？

「極めつけは……このお顔。みんな分かるかな？　陽信のこの可愛らしい顔を可愛らしくしているものが何なのかを……」

「……まさかっ⁉」

芝居がかった仕草で、七海は人差し指をチッチッチッと左右に振る。

学校祭……剣淵くんの言うようにステージにしてもよかったかもなぁ……今更だけど。

「そう、陽信には私がお化粧をしてあげたわ！　目元が柔らかくなるよう、最大限に可愛らしくなるようにナチュラルなメイクをして、仕上げに黒髪のウィッグを付けたの！」

僕の彼女、ノリノリである。

でもあれ、そういうことだったんだ。いきなりお化粧するよとか言われて何かと思ってたんだけど。

あといま、ナチュラルって言った？　え？　あんだけいろんなものを塗りまくっててナチュラルメイクっていうの？　これがナチュラルなの？

塗られててプラモデルの厚塗り塗装ってこんな感じなのかなぁとか思ってたんだけど。

って……何人か崩れ落ちてる。

「それを踏まえてみたら、どう？　陽信が一番、可愛くない？」

全てを喋り終えて満足したのか、七海は僕の両肩にそっと手を置いて、自身の顔を僕の顔の横に持ってくる。七海が嬉しそうに笑ってるのが雰囲気で理解できた。

それはまるで、一仕事を終えた職人が自身の作品を自慢するかのようだ。

そんな七海の言葉に促されるように、男子達は僕へと視線を注いでいく。それは何かしらを読み取ろうとする……まさしく観察だった。

「……確かに、アリといえばアリだな？」

「うん、可愛いと言えば確かに……？」

「これはこれで……イケるな。簾舞なのに」

やめてみんな、正気に戻って！　別に可愛くないから！　たぶん雰囲気に当たられてるだけだから!!

ちょっとした恐怖を僕が感じていると、みんな背後からポコポコと頭をはたかれる。

はたいたのは……音更さん達だ。

「ほら、遊んでないでそろそろだぞ」

執事姿の音更さんのその言葉と同時に、学校全体にチャイムが鳴り響く。そして、色んな教室からガヤガヤとした楽しそうな声が聞こえてきた。

とうとう……僕等の学校祭が始まった。

◇◇◇◇◇◇◇◇◇◇

「いらっしゃいませ、何名様ですか？　二名様ですね、こちらのお席にどうぞ」

学校祭の接客もバイトの接客も、基本は同じだったので僕としては安心してお客さんの前に立つことができた。

ただ、バイトの接客と学校祭の接客では大きく異なる点が一点あることを、僕は失念していた。それは……。

「可愛いねぇ、キミ。俺等と学校祭回らない？」

「申し訳ありませんお客様、ここはそういうお店ではありませんので」

「お兄さんカッコいいですねぇ、休憩時間に私達と回りませんかぁ？」

「非常にありがたいお申し出ですが、申し訳ありませんお嬢様、私はお姉さんですので」

「えっ……？　って……初美……?!」

こんな感じのナンパ客である。これはかなり大きな違いだ。普段のバイト先では、ユウ先輩目当てのお客さんはいても、ナンパするお客さんはいなかったから。

たぶん学校祭で浮かれてるんだろうなぁ……。ほとんどがウケ狙いで、本気でナンパを成功させようなんて思ってはいないようだけど。

その証拠に、軽く断られたらみんなあっさりと引っ込む。挨拶みたいに可愛い女子、カッコいい男子に声をかけている。

それと……この喫茶店での特殊な接客はもう一つ。

「いらっしゃいませ。お客様、トリックオアトリート？」

「へ？　え？　えっと……？」

「あら、答えが無いってことは悪戯をご所望ですか……？　では失礼して……」

接客していた女子が、一人で来ていた男子生徒の耳元に手を当てて、そのまま耳をくすぐるように手で弄んでいる。男子は何も言えなくなって、真っ赤になってた。

「悪戯しちゃいましたー。それじゃ、こちらのお席にどうぞー」

耳から手を離すとパッと手を広げて席に案内するけど、男子は真っ赤になりながらふらふらと席に案内されてる。

あんな感じで、軽い悪戯をしていたりする。ちなみにトリートを選んでいたらお菓子の袋を渡しているけど……ほとんどの人は悪戯を選んでる。

全員がやっているわけじゃなくて、一部の女子がやってるだけなんだけどね。黒板にはわざわざ『本日限定、ハロウィンイベント！』とか書いてるし。

まるで本当の喫茶店みたいだけど、あくまで模擬店だから雰囲気だけだ。

悪戯とは言っても変なものは無くてくすぐったり、触れたりとかそういうのが多いけど、それでも思春期の男子には刺激が強いかも。

あくまでも接触してるのは手だけだし、普段からスキンシップが多くて相手を勘違いさせてしまう女子がやってる感じだ。

でもこれ、出し物が順位付けされてたら確実に反則としてカウントされるやつだよなぁ……本当にそういうのが無くてよかったと心から思う。

ちなみにこういうナンパとかがあるから、苦手な女子には主に女子のお客さんの接客をしてもらっている。大丈夫な人には男子女子両方を。

なので、七海は今のところはナンパに遭遇してない。

「お持ち帰りのポップコーンのお客様、お待たせいたしましたー。お気をつけてお持ちくださいね」

七海が透明容器に入ったポップコーンを女子生徒に渡すと、女子生徒ははしゃいだ様子で七海と話している。

「七海先輩、すっごい可愛い服ですねぇ」

「そうかな？　ありがとー」

「今日はそれで彼氏さんと……？　羨ましいなぁ」

「うん、午後に一緒に回るんだぁ。楽しみ」

先輩って言われてるから後輩の女子なのかな？　本当に七海は友達が多いんだなって実感する。嬉しそうな七海を見ると、こっちも嬉しくなってくるし。

僕も負けないように、頑張らないと。午後から一緒に休憩を取らせてくれたみんなには感謝しかない。だから今は、精いっぱい頑張ろう。

「おねえさーん、注文良いー？　そこのメイド服の黒髪のおねえさーん？」

メイド服で黒髪……誰のことだろう？　僕がキョロキョロと周囲を見回したらその声はさらに大きくなった。

「今キョロキョロしたお姉さんだよお姉さん！　注文お願いできるー？」

……僕？　え？　僕なの？

驚いた僕が自信を指さすと、声をかけてきたであろう男子の一団はウンウンと頷いている。お姉さんって呼んだことは……一年生か。

陽キャっぽい雰囲気……と言うよりもなんかちょっとヤンキーっぽい雰囲気もある生徒達だ。まぁ、お客さんなら相手はするけどさ。

「お待たせしました、ご注文をお伺いします」

「ご注文はおねーさんでおねがいしまーす」

は？

なんだいきなり……と思ったら一緒にいる人は何が楽しいのか笑っているし。全然面白くないし、背筋が寒くなるんだけど……。

「すいません、私は非売品なので……ポップコーンでしたら、おすすめはキャラメル味になっておりますがいかがですか？」

不快感が顔に出ないようにしつつ、僕は笑顔で接客をする。こういう輩は相手にしたらつけあがるし、相手にしないのが得策だ。

「おねーさんが口移ししてくれるならなんでもいーよー」

……あれ？　これもしかして僕がナンパされてるの？

嘘だろオイ。僕をナンパしてどうしようっていうんだ、男だぞ僕は。いやまて、おねーさんって言ってたよな？　もしかして勘違いしてる？

「おねーさんどう？　サボって俺等と一緒に回んない？　楽しいことしよーよ」

「おまえこういうのが好みなのかよ。声だって男みたいだぞ？」

お、いいぞ仲間その一君。ただ男みたいじゃなくて僕は男なんだよ。そこまで気付いてほしかった。

「そのギャップがいいんじゃねーかよー。ねー、おねーさんいいだろー？」

「いや、あのね……僕は……」

「おぉ、僕っ子かよ。ますます可愛いじゃーん」

……マジかぁ。これでも気づかないの？

そういえば、聞いたことがある。

とある動画配信者さんが「声が変」とずっと言われてきていたんだけど、美少女のアバターを使いだしたとたんに「声が個性的で可愛い」とか言われるようになったとか。

見た目が可愛いとそれに引っ張られて全てが可愛く見えるのか、それとも純粋に増えたファンが可愛いと言ってくれてただけなのか。

データを分析したわけじゃないから分からないけど、少なくとも見た目が変わったら周囲の反応が変わったという話だ。

これもそれに類するものではないのだろうか。七海が気合を入れて僕を女装させた結果、僕の明らかに男の声も可愛く聞こえているとか……そういうの。

でないと説明がつか……。

「黙ってないで何とか言ってよーおねーさーん」

甘えた声を出して、いきなり僕の手に自身の手を重ねてきた。触れられた手からぞわぞわと、全身に虫がゆっくりと這いずるように粟立っていく。

不快感が……半端じゃない。なんだこれ、声が出てこない。怖いって感覚とはまた違う、嫌な気持ちになっていく。

これが……無理やりナンパされる女子の気持ちってやつなんだろうか？　うわ、僕のガラじゃないけど相手をぶん殴ってしまいたくなる。

当然ながら店の中でそんなことをするわけにもいかないので、どうやって断ろうかと考えてたら……急にその手が剝がれる感触があった。

顔を逸らしてたから分からなかったんだけど、いつの間にか僕の前に……七海がいた。

「……申し訳ありませんお客様、そういうのはご遠慮くださいね」

相手が一年生だからなのか、七海は子供に諭すように優しく、やんわりと注意する。あくまでも……騒ぎにならないように穏便に。

音更さん達は接客中だからこっちの様子には気づいてないのに、七海は気づいてきてくれたようだ。だけど彼らは、七海の登場に臆した様子もない。

「うわ、こっちの子もめっちゃ可愛いじゃん。すっげぇなぁ。なに、友達？　だったら君も俺等と一緒にさぁ……」

下種な笑みを浮かべた男子が、七海に手を伸ばす。七海がびくりと身体を震わせた瞬間、僕も動いていた。

七海の前に立ち、ガシリとその手を掴み……力を込める。

大丈夫、僕は冷静だ。こういう時こそクールにならないと。冷静に、力を込めよう。七海に手を出そうとして……どうなるのかだけを優しく教えてあげるだけだ。

「お客様、すいませんが……退店願えますか？」

「え？　何怒って……って……いてててててて⁈　力つよっ⁈」

「おまっ……なにやって……⁈」

筋トレが趣味の陰キャをなめるなよ。こっちは無駄に筋肉だけはあるんだ。一年生に単純に力だけなら負けないからね。喧嘩はたぶん負けるけど。

もちろん僕は暴力は振るわない。あくまでも穏便に、お帰り願わないと。

仲間を助けるためなのか、手を伸ばしてきたもう一人の手を掴むと彼もそのまま痛みからか動けなくなる。

そのまま僕は、動かない彼らを無理やり立たせて教室の外まで連れ出すと、手を離してスマホで彼らの写真を撮った。

「君たち出禁ね。あとで先生にだけ報告させてもらうから。学校祭とはいえ……はしゃぎすぎだよ。もっと節度を持って遊ぼうか」

ちょっと説教臭いかなと思いつつ、僕はそのまま教室に戻ろうとする。その時、隣の男子は僕が男ってことに気付いた様子を見せるんだけど……。

「このゴリラメイド……好みだから優しくしてやったらちょーしにノリやがって!!」

待って、こっちの子はまだ気づいてないの!? 隣の男子もビックリしてるじゃない。お前まだ気づいてないのって顔してるよ。

激高した男子が僕の方に拳を振り上げる。……仕方ない、一発殴られて学校祭が終わってから大事にしようか。

そう覚悟を決めた時だった。

「てめぇら……何してんだ？」

動いていた男子がピタリと動きを止める。

ドスの利いた低い声……唐突に現れた弟子屈くんの方へとゆっくりと向くと、振り上げていた拳を下ろして大人しくなる。

「て……弟子屈……さん……」

「いや、これはその……」

……なんかここだけ世界観が違う。完全にヤンキー漫画っぽい感じだ。弟子屈くんは僕の方へと視線を移すと、ナンパしてた男子生徒に視線を移して……また僕を見た。

お手本のようなきれいな二度見を披露して、口をあんぐりと開けたままで彼は僕のことを震える手で指さしてくる。

「簾舞お前……女だったのか？」

「違う違う。僕は男ね。このカッコは、今日が学校祭だから」

「そか。普段は男装してた女子が、男ってことにして実は裏でこっそりギャルと付き合ってるとかって話じゃないのか」

……ん？　なんか微妙に引っかかる言い方だな。僕がちょっとだけ首を傾げるんだけど、弟子屈くんはそんな僕にかまわずに男子に鋭い視線を向けた。

「てめぇら……なにしたか知らねぇが……」

「あ、僕がナンパされました」

「……恋愛は自由だが、ナンパして無理やりとか……好きになった相手に暴力振るうのは、男としてやめておけ。後悔しかしねぇぞ」

睨みつけられた男子達はそのまま高速で頷いて、逃げて行った。まぁ、時間をかけていられないから弟子屈くんの登場は助かった。

「弟子屈くん、ありがとう。来てくれて」

「……借りもあるし、呼び出されたならしかたねーだろ」

そう、僕は弟子屈くんをうちのクラスの店に呼んだんだ。別にナンパの撃退とかじゃなくて、あれはたまたまタイミングが良かっただけ。

呼んだ理由は後静さんなんだけど……。

「それで何の用……」

「ごめん弟子屈くん、その前にちょっと待ってね」

それだけを言うと、僕は急いで教室内に戻っていく。正確には七海のもとに。見ると七海は何人かの女子と一緒にいるみたいだけど、少し不安げだった。

やっぱり離れるべきじゃなかったかと後悔しつつ、僕は彼女に駆け寄った。

「あ、陽信……だいじょぶだ……」

「七海、大丈夫⁈」

彼女の肩をがっちりと、だけど痛くないように優しく掴んで僕は七海の目を覗き込む。

不安……にはなってなさそうだ。

だけど七海が僕のために矢面に立ってしまったんだ、怖くないわけがない。

「わ、私は大丈夫だけど……陽信は大丈夫だった？　殴られたりしてない？」

「あぁ、うん。僕は大丈夫。助けてもらったし。七海はほんとに大丈夫？」

「う、うん。陽信が守ってくれたから……私は平気だよ」

……よかったぁ……。僕はその言葉を聞いて、思わずその場にへたり込んでしまう。七海が無理して僕を助けて、せっかくの学校祭に怖い思い出を作ったら台無しだ。

それに七海は、僕が守ってくれたって言うけど……。七海も僕を守ってくれたんだからお相子だ。本当に助かったよ、まさか声が出ないとは思ってなかった。

「陽信こそ、大丈夫だったの？　……まさか陽信がナンパされるとは」

うん、僕もそこは予想外でした。他にナンパ対象は沢山（たくさん）いる様な気が……。あぁ、もしかしてあれかな、周りの女子達が美人すぎて、僕ならいけるとか思われたとか？

「僕は大丈夫だよ、ちょっと手を触（さわ）られたくらい……」

僕が触られた方の手を上げると、七海はすぐにその手を自身の手で包み込む。手袋越（てぶくろご）しだけど、七海が優しく僕の掌（てのひら）を包むのが感じられた。

しばらく七海は僕の手をムニムニとこねると、そのまま自身の胸元（むなもと）に包んだ自分の手をぽふんと乗せた。さすがに胸の感触は分からないけど……。

なんか、色々とあったかくなった気がする。

「はい、上書きかーんりょー」

にっこりと笑って、七海は手を放して両手をひらひらと僕に向けた。本当に、僕は七海に守られてるな……と思ったところで、なんか拍手が聞こえる。

気が付けば、周囲のお客さんたちが僕に拍手を送ってくれていた。

「は～い、ラブラブなお二人でした～。甘いものを見た後は無糖のお飲み物いかがですか～。お騒がせしましたので一杯サービスしますよー、引き続きお楽しみくださいね～」

甘いものを見たって表現、初めて聞いたんだけど。

まぁいいや。変な騒動があったけど、僕等も接客に戻らないと……。ちょっとだけ頬をお互いに染めながら僕等は離れてお客さんの所へと行く。

……まぁ、普通に接客できるわけもなく色んな人から揶揄われたけど。ラブラブでいーねーとか、あんな彼女欲しいですとか、やっぱり女の子同士は良いですねとか……。

うん、メイド服でやってたけど女の子同士じゃないからね。

「ちょっと……簾舞君……お客さんが来たんだけど？」

「お客さん？」

チャイナ服を着た女子が、僕に少しだけ申し訳なさそうに入口を指さす。そこには……ちょっとだけ憮然とした表情の弟子屈くんが立っていた。

いや、憮然というより困っているというか、戸惑っている……？

「えっと……俺はもう入っていいのか？」

「うん……ごめん、ほったらかしていうか、七海のことで頭が一杯で忘れてたのが正直なところです。本当にごめんなさい。サービスします……。

弟子屈くんの登場に、また少し教室内がざわつくけど僕は彼を空いている席に案内する。大人しくついてくる彼に、女子生徒がほんの少しだけ色めき立つのが分かった。

「こちらのお席へどうぞ」

「あ、あぁ……」

そのまま彼は素直に席に座る。緊張しているのか、落ち着かない様子でそわそわしている。さて、これから申し訳ないけどもう少しだけ落ち着かなくなると思う。

普通は席に案内したら、そのまま接客を続けるんだけど……僕は弟子屈くんにごゆっくりと言ってその場を離れる。

僕の後ろから現れたのは……後静さんだ。

「こ……後静……」

「いらっしゃいませ」

特攻服を着た後静さんが不良の弟子屈くんを接客するって、傍目に見るとシュールだけどある意味ではとても似あっている光景かもしれない。

後静さんはいつもの半眼で、あまり感情を感じられない様子だった。もしかしたら色んな気持ちを抑えているのかな。

お互いに無言だったけど、弟子屈くんが意を決したように顔を上げる。そして、声を出すかと思ったその瞬間に……後静さんが機先を制した。

「タクちゃん、今日……一緒に学校祭回らない？」

「へ？」

それはさっきまで低い声でしかめっ面をしていた弟子屈くんが見せた、年相応の少年のような声だった。

◇◇◇◇◇◇◇◇◇◇

ダブルデート。

通常は二人っきりで行うデートを、二組のカップルが行うデートのことを言う。つまりは四人行動だ。

前に七海と一緒にナイトプールに行ったとき、音更さん達と一緒に行動をしてたけどあれはダブル……いや、トリプルデート的なものだったんだろうか？

ただ、ナイトプールでは完全に別行動だったから、明確には違うのかもしれない。本来であればダブルデートは、イベントも一緒に楽しむものだろうから。

その前提で考えると、今の僕がしているのは……ダブルデートなのだろうか？

「……簾舞、これってどういうことなんだ？」

「まあまあ、一緒に学校祭を回ろうよ。後静さんとつもる話もあるでしょ。今日はいい機会だから、たくさん話をしなよ」

弟子屈くんは僕の説明に少し困惑気味だけど、正直な話をすると僕も後静さんが何をしたいのかの詳細は知らない。七海だって知らないだろう。

僕等が頼まれたのは、弟子屈くんを学校祭の時に呼んでほしいってことと、学校祭を一緒に回って欲しいってことの二つだけだ。

いきなり二人きりは心細いから、僕等に一緒にいてほしいそうだ。

それくらいならと思って、七海と一緒に了承したんだけど……。

「つーか、お前はいいのか？　……その……メイド服のまんまで」

「着替えるのも面倒だし、お店の宣伝にもなるしね。何より、七海がこのまま一緒に回りたいって言うからさ」

そう、僕は今……なんと着替えないで学校内を回っていたりする。

スカートはスースーして落ち着かないって聞くけれども、個人的にはスースーすることよりも歩くたびに足に布が当たるほうが気になるかもしれない。

ともあれ、メイド服の僕、メイド服の七海、レディース姿の後静さん、改造制服の弟子屈くん。その四人でダブルデートをしていた。

メイドが二人にヤンキー二人って変な集団だな。

「……というか、僕と話してないで後静さんと話しなよ。せっかくのダブルデートなんだから、同性で固まってても仕方ない」

「デッ……?! おま、そんな……!!」

おや、何とも初心(うぶ)な反応だ。というか……僕がそう考えるってのもなんか上から目線で嫌だな。僕だって慣れてなかったくせに。

弟子屈くんの反応やこの気持ちは、忘れちゃいけないものだろう。

「ていうか、弟子屈くんってモテるんじゃないの？　ヤンキー系女子の彼女いっぱいいるとか聞いたことあるけど？」

「ハーレムの噂(うわさ)があった簾舞がそれ言うのかよ。彼女なんていたことねーよ。モテ……たことはあるかもだけど、全部断ってたしな」

おや、やっぱり噂は当てにならないってことか。弟子屈くんも僕と同様に変な噂を流された側のようだ。まぁ、イケメンだしそういうのはあるのかもね。

「でもそれなら、僕の噂だって信じないで欲しかったなぁ」

「それはすまないと思ってるよ。でも、後静のことだったから……確かめずにはいられなかったんだよ」

「そっか。後静さんのこと……大切なんだね」

僕の言葉に一瞬だけ弟子屈くんは赤くなるけど、すぐに少しだけ暗い顔になる。小さく首を振ると「そんな資格、俺には無い」とか自嘲気味に口にする。

……確かにそういう顔もしちゃうとは思うけど、それでも結論を出しちゃうのは早い気もする。後静さんの気持ちを……ちゃんと聞かないと。

「……弟子屈くんさぁ。それならなんで、七海に告白したの?」

「それは……」

彼は僕から視線を外して口ごもる。僕が唯一、聞いてみたかった話はそれだった。弟子屈くんは後静さんを大切に思ってるのに……なぜか七海に告白してる。

そこが、矛盾していた。

決して、なんで後静さんを好きなのに七海に告白してるんだ七海を弄ぶつもりだったなら過去のこととはいえ許さないよ……と言うわけではない。

その気持ちもちょっとはあるけど。それでも、聞かずにはいられなかった。

「……別に、茨戸に何かしようって話じゃなかったんだよ。あの時は……その……茨戸なら俺のことフッてくれるだろうなって思ってな」

「断られるために告白したの？」

「……そうだな」

それからお互いに無言になってしまう。本当に、よくわからないなぁと思ってたら……弟子屈くんはポツリと話してくれた。

「……一年の時の俺は……やたら告白されててな。その告白をなくすために、茨戸に告白させてもらったんだよ」

「……なにそれ、七海を利用したってこと？」

「否定はしない。俺も精神的に追い詰められてたんだ。……ごめんな」

それ以上、弟子屈くんは詳細を語る気は無いようだった。僕と知り合う前……とはいえ、弟子屈くんが七海を利用したのは少し……面白くない。

ただここでそれを口にするのも、学校祭に水を差す。何より今日は七海と楽しく過ごしたいからね。これ以上は言及しないでおこう。

それについては、また今度だ。切り替えていこう。

「ちょっとぉ、男同士で話してないでよー。ほら、行くよー」

ちょうどよく、七海が僕に抱き着いてきた。後静さんは反対側に回って弟子屈くんの隣に立つ。弟子屈くんが少し戸惑ったように目を見開いている。

だけどすぐに小さく「よろしくな……」と呟くと、後静さんも無言で頷いていた。

僕と七海が手を繋いで話してるのに対して、後静さん達は無言のままだ。だけど、どことなく嬉しそうなのは気のせいかな？

罰ゲームの告白をした側と、された側……。割と共通点が多いんだよね、僕等は。

「さて、何を見ようか……。七海はなんかおすすめってあるの？」

「んー……定番はやっぱりお化け屋敷じゃない？　毎年あるらしいし」

「あー、いいかもね。僕、お化け屋敷って普通の遊園地でも行ったことないかも」

「えへへ、私も怖がってキャーって抱き着くのやってみたかったんだぁ」

それ事前に言うの？　高校の学校祭でそこまで本格的なものがあるんだろうか。他のお化け屋敷知らないから分からないけど。

「後静さん達はそれでいい？」

一緒に回ると言っていたので、二人の方を見てみると……。

「えっと……」

「……おう」

あれ？　思いのほかの反応が返ってきた。二人とも微妙に顔色が青くなってて、反応も微妙に悪い。僕等から視線を逸らして、目を合わせてくれない。

もしかして……。

「二人とも……お化け屋敷苦手なの？」

僕の言葉に二人ともビクリと小さく身体を震わせる。弟子屈くんの方が大きい反応かもしれない。意外な苦手分野が判明したなぁ。

七海も予想外だったのか、しまったなぁと苦笑している。

「……じゃあ、やめておく？」

「そうだねぇ、他にもあるし……」

苦手なら仕方ないよね。無理に行っても楽しくないだろうし。他の物は何があるかなと僕と七海で学校祭のしおりを探す。

「い……いや、行きましょう」

「そうだ、い……行こうぜ」

二人とも声が震えていた。どう聞いても、無理しているのがまるわかりな様子で、それでもそろって同じように拳を握（にぎ）っている。

よく見ると拳も震えてるけど……だけど二人とも、引く気はないようだった。

「じゃあ行くけど、嫌だったら無理しないで言ってね？」

「まぁ、高校の学校祭だし……そこまで本格的なものじゃないでしょ」

二人は静かに頷く。ただ、僕の言葉でわずかに希望は見出（みいだ）したようで、少しだけ顔色がよくなってもいる。まぁ、そこまで怖くないでしょ……。

そう思っていたんだけど。

「これは……だいぶ怖そうだねぇ……」

たどり着いたお化け屋敷の会場は、予想よりもはるかに怖そうなものだった。学校の教室だって言うのに、パッと見では教室だと分からないくらいに。

どうやら教室を二つ使っているらしくて、二つの教室の間にわざわざ通路を作って繋げている。その通路も外からは見えないようになってるし。

コンセプトは……学校の七不思議か。この学校に七不思議なんてあったのかは知らないけど、学校という舞台（ぶたい）を最大限に使ったようだ。

入口にいる女子生徒は受付かな？　制服姿なんだけど、目元を黒く塗って不気味なメイクをしている。そして、一切笑わない。

全く笑わない。笑顔でいらっしゃいませとか言わないのはきっと、お化け屋敷の恐怖感を演出するためなんだろう。

「……七海は……大丈夫そうだね」

「うん、これは怖そうで楽しみだねぇ……本格的すぎる……」

「二人は……大丈夫かな？」

正直に言って、舐めてた僕でさえこの店構えは怖いなと感じていた。七海はその怖さを楽しみたいらしくてワクワクした顔をしている。

対して、二人は真っ青である。めちゃくちゃ震えている。

「ダメそうだね……」

「そ、そんなことない……!!」

「そうだ……大丈夫だ……!!」

二人は頑なにダメだということを認めない。どう見ても途中でのエスケープはできないから諦めるなら今のうちなんだけど……。

「じゃあ、行こうか」

入ろうとした僕等に、受付係の女子が出してきたのは……なんと、死亡同意書と書かれた紙だ。どうやらこれが受付のようで、思わず喉が鳴ってしまう。

内容は……万が一、心臓が停止しても同意しますという内容が恐怖感たっぷりに書かれている。名前を書くだけなのに、ここでも恐怖演出をするのか。凝ってるなぁ……。

七海は受付を済ませると、僕の手に自身の手を絡めてきた。腕を組んだ状態で、七海は後ろを軽く振り返る。

「怖かったら、くっついた方が良いよー。安心するし」

七海の言葉を受けて、二人は少しだけお互いをチラリとみて一歩だけ近づく。さすがに、その場でくっつくことはしないみたいだ。

だけど……それも時間の問題。

「キャアアアアアアアッ?!」

「ウギャアアアアアアアッ?!」

僕等の後ろから、大絶叫が聞こえてくる。あれだけ怖がってくれたら脅かしている人も気持ちがいいだろうなって思うくらいの絶叫っぷりだ。

もちろん僕等も驚いて絶叫はしてる、してるんだけど後ろのリアクションが良すぎて僕等の反応は霞んでいるだろう。

「キャッ?!」

「ウワッ⁉」

いきなり赤い光が点灯したかと思ったら、そこから人がゆっくりと現れた。白衣を着て、長髪で顔を隠している……。白衣にはあちこちに血の意匠が施されてた。

い、今のはかなりビックリした……。七海も驚いて僕に抱き着いている手にかなりの力を込めていたし。

僕等が通り過ぎた後は、後静さん達が通るんだけど、僕等の十倍以上の驚いた声を出している。喉を壊しそうな悲鳴だ。

「陽信は怖くないの？　もっと抱き着いてきていいんだよ？」

後ろの悲鳴を聞いてなのか、七海が耳元で囁いてくる。

七海の囁き声は、いつ聞いてもゾクゾクしてしまう響きがあるな。寝落ち通話の時は通話越しだけど、こうやって耳元に直接だと破壊力が段違いだ。

「怖いけどさ、怖くて抱き着くってちょっと……」

「え……でも、前にほら……ロープウェイで私に抱き着いてきたよね？」

……あっ。

そうだった、僕はもうすでに情けない姿を七海にたっぷりと見せていたんだっけ。あの時は七海に抱き着いて慰められて……。

あの時のことを思い出して、僕はちょっとだけ恥ずかしくなってしまう。赤いライトがそこかしこから照らされてるから、誤魔化せてるとは思うけどさ。

気にしなくてよくなったというのは分かったけど、どう抱き着けばいいんだろうか。ギユーッとするのか、それともちょっと触れる程度なのか。

迷っていたら、後ろからまた悲鳴が聞こえてくる。

見ると……いつの間にか二人はお互いに抱き着いている形になっていた。さっきまで一歩距離を縮めていたのが可愛いくらいに、ガッツリとしちゃっている。

気まずい雰囲気だったとか、考える余裕もなさそうだ。ある意味で……お化け屋敷を全力で楽しんでいる二人だ。

「やっぱり、高いところの方が怖い？」

「うーん……かもしれない。お化け屋敷の方がビックリはするけどね……」

「そっかぁ、陽信はお化けより高いところの方が怖いかぁ」

七海はちょっとだけ不満そうに口を尖らせるんだけど、すぐにその表情を変えて笑みを浮かべる。それから僕をチラッと上目遣いで見ると、口元を隠した。

「じゃあやっぱり、今度は観覧車に連れて行かないとなぁ……」

「僕を怖がらせる方向に頑張ろうとしないでよ……」

「えー？　ほら、やっぱり抱き着いてくる陽信可愛いし……今回はそれが見られるかなぁって思ったのになぁ」

お化け屋敷で彼女に抱き着く彼氏って……なんか普通なら失望されそうなんだけど、七海はどっちかと言うとそれをお望みだったらしい。

だけど僕も、怖くないわけではないんだよ。結構しっかりした作り出し、中にいる人たちのメイクもバッチリされている。

次の場所ではどうやって驚かされるのかとか、見た目からして恐怖を感じる装飾とか、薄暗い中から漏れる赤い光とか……。

だけど、そこまで恐怖感が大きくないのは……。

「ウギャアアアアア?!」

「イヤアアアアァァ?!」

これが原因かも。後ろからすぐ聞こえてくる大きな悲鳴。これあれだ、自分よりも怖がっている人がいると冷静になるってやつか。

七海も驚いたりはするけど、歩く時に震えたりはしてないし……。

あれ？　そういえば……。

「七海は、お化け屋敷怖くないの？」

「思ったよりも怖くないかも。ちっちゃい頃に入ったお化け屋敷よりこっちの方が怖いはずなんだけどねぇ……」

やっぱりそれは、大人になったからってことなんだろうか。ちょっと寂しいなと思ってたら、七海はほんの少しだけ組んでいる手に力を入れて一歩近づいてくる。

「やっぱり……隣に陽信いるからかなぁ……？　何かあっても守ってくれるって安心感があるから平気なのかも？」

「そ……そうなの？」

「そうだよー」

七海は僕の腕に自信の頭部をスリスリと擦り付ける。もしかして僕も、七海が一緒にいる安心感から平気なんだろうか。

メイド服同士とはいえ、僕等は今ピッタリとくっついている。七海の体温が服越しとはいえ伝わってきているのは確かだ。

僕もそうかもって口にしたら、七海はさらに僕にピッタリとくっついてきて……。

「グォォ……イチャイチャするなぁ～……!!」

「ウワッ?!」

「ヒャッ!!」

何の前触れもなく、濁音交じりの叫び声を上げながら脅かし役の男子が飛び出してきた。

しかもなんか私情を交えた脅かし文句で。

世界観とかガン無視の言葉に、僕等は驚きつつも顔を見合わせて笑ってしまった。

それが逆鱗に触れてしまったのか……脅かし役が次々に僕等を脅かしていく。まるでイチャつく暇など与えないぞと言わんばかりに。

リアルでゲームみたいな状況に僕等は驚いて、後ろからは恐怖の悲鳴が聞こえてきた。

どうやら一気に来たみたいだ。

焦った僕等は……その場から慌てて退散する。

「はぁ……はぁ……はぁッ……!!」

「ひ……ふぅ……ふぅ……こ、怖かった……」

お化け屋敷から出た瞬間、ホッとしたのか後静さんと弟子屈くんはその場で息を切らして俯いていた。

弟子屈くんは倒れこむ身体を支えてるのか、膝に両手を置き震えている。後静さんは自分で身体を支えることができなくなってるのか、弟子屈くんに寄りかかっている。

パッと見、仲良しにしか見えないなぁ。

◇◇◇◇◇◇◇◇◇◇

お化け屋敷を出て、良い時間なのでお昼を取ることにした。道々で僕等は、写真を撮ってもいいですかと何故か求められたりしたんだけど……なんでだろうか？

宣伝になりそうだし、ネットにはアップしないでねと言い含めてオーケーしたけど。

明日もお客さんが来てくれればいいなぁと思いつつ、僕等はとある匂いにフラフラとつられ、模擬店に入っていく。

「学祭と言えばカレーだよねぇ」

「そうなの？　去年とか食べた覚えないからなぁ……」

でも廊下に漂ってた匂いにつられてカレー屋の模擬店に入ってしまったのだから、学祭と言えばって言葉に疑問を挟む余地はないのかもしれない。

「タクちゃんは、甘口だよね？」

「あ……あぁ、うん。そうだな。って……後静は激辛なのか……？」

「やっぱりカレーは辛くないと。一口食べる？」

「……いらない」

お化け屋敷を経てから、二人の距離はほんの少しだけ縮まったように思う。まだぎこちない感じはあるものの、入る前よりも段違いに二人の会話が増えたからね。

弟子屈くんの方がまだちょっと……って感じかな？　後静さんは……ちょっと分からないけど、少なくとも僕等と同じ程度には話している気がする。

会話は大事だ。

思っていること、気持ち、考え、それらは絶対に口にしなければ相手に伝わらない。以心伝心……なんてものは期待しない方がいい。

だから言葉にする。隠し事をせず、すれ違いたくないところは絶対に話をする。後で話すことは、今話せることだと思っておけばいいんだ。

それが一番難しいけどね……。僕もいまだに試行錯誤中だ。

「それにしても、タクちゃん……お化け屋敷怖いの変わってないんだね」

「う……うるせぇよ……琴葉だって……お化け嫌い……昔のままじゃねーか……」

「そりゃ怖いもん。理解できないものは怖いでしょ。理解できれば怖くないけど」

「……俺は理解できても怖い」

カレーを食べながら、二人は探り探りの会話をしている。時折笑みも浮かべているから、なんだか和やかな雰囲気だ。

それがなんだかとても微笑ましい。とか思ってたら、横から突っつかれた。

「よーしーん、こっちも構ってよー」

「あ、ごめん……」

早速、さっき自分で考えてたことが現実になった。言葉にしなきゃ伝わらないよね。いまいちそういうところ、カッコつかないなぁ僕は。

「陽信、何カレーにしたの？　私はねぇ、チキンカレーだよ」

「あー、確かに私もキーマ食べたことないかも。一口ちょーだーい」

「いいよー、はいどうぞー」

僕はスプーンでカレーをすくうと、口を開けた七海に食べさせてあげる。七海は今度作ってみようかなぁと呟きながら、美味しそうにカレーを頬張る。

そしたら七海が、お返しと言わんばかりに僕に自分のカレーを差し出してきた。僕がそれを自然に頬張ると、七海は嬉しそうに笑う。

「鶏肉、凄く柔らかいね。まさか手作りカレーなのかな？」

「確かに手作りっぽいよね。どうやったんだろ？」

七海も自身のカレーを一口食べて感想を口にする。確かに、レトルト特有の脂っぽさみたいなものが感じられない、美味しいカレーだ。

僕も改めて自分のカレーを一口食べると、色んなスパイスの香りが口中に広がって鼻腔を抜けていく。けっこう辛いかも。でも美味しい。

そんな短い僕等のやり取りを……後静さん達はポカンと見ていた。

「そんな自然にあーんって……」

「……もう夫婦じゃねーか、すげーな」

いや、そんな改めて言われると照れるんだけど。でもこういうのは照れながらとか甘い雰囲気を出してやるよりも、ごく自然にやった方がよくないかな？

その方が周囲もこう……違和感とか覚えないだろうし。

自己弁護　終了。

「まぁ、付き合ってますから」

なるべく平静を装って、僕は何でもないことのようにカレーを食べ進める。

周囲の誰かが小さく「間接……」とか呟いた気がするけど、きっと気のせいだろう。僕は今だけ難聴系になろうと思う。

「……すげーな二人とも。どうすれば、そうなれるんだ？」

弟子屈くんは、呆けた表情を浮かべ……沈んだ声で呟いた。

まるで助けを求めているような、とても真剣な声だ。どこか悲痛な思いも感じられるその言葉を受けて、僕も真剣に考える。

「……特別なことはしてないかな。ただ、素直に伝えることを心掛けてるけど」

「素直にって……それだけか？」

「うん、それだけだよ。立派な考えとか持ってなくて悪いんだけどさ……単純にすれ違いとか誤解とか起きるのが嫌だから、全部言葉にして伝えてるだけ」

本当に、それだけだ。

それでも失敗はすることがあるから、恋愛ってのは難しいよねぇ。

ここでカッコいいことを言えたらいいのかも知れないけど、そんなカッコいい考えは僕に無いから……。

単純に自分が嫌だからやってるだけ……と言ったら、なんだか利己的に聞こえるかな。

「……そっか……そうなんだな」

何かを考えるように、彼は手にしていたスプーンを置く。そして、後静さんに向けてゆっくりと頭を下げる。

「後静、あの時はひどいことして……ごめんなさい」

短い、謝罪の言葉。その言葉を受けて、後静さんは目を丸くした。すぐにいつもの半眼に戻ると、ちょっとだけ息を吐きながら呆れたような声を出す。

ただ、その声は少しだけ嬉しそうにも、寂しそうにも聞こえた。胸中が色々と、複雑なのかもしれない。

「こんなところで、急にどしたのさ？」

「……簾舞を見習って、今の気持ちに素直になってみた。許してくれなくてもいい……ただ、ずっと謝りたかったんだ」

「なにそれ。何年越しなのさ……。しかも、こんな場所で」

クスリと笑うと、弟子屈くんは困ったように眉根を寄せる。彼の方を見ないまま、後静さんはスプーンでカレーをすくうと……。

すっと、弟子屈くんに差し出した。

「はい、あーん」

「え？」

差し出されたスプーンを目にして、弟子屈くんはポカンとする。

「すぐに許すわけじゃないけど。これ食べたら……ちょっとは考えてあげる。タクちゃんの苦手な……激辛カレーだよ？」

これは、ちょっとした後静さんの意趣返しってやつなんだろうか。それとも、ただあーんしたいだけなんだろうか？

どっちかは分からないけど、スプーンを目の前にした弟子屈くんが少しだけ躊躇うのが分かった。確かに、辛いの苦手だと辛いよね。

スプーンを前に逡巡していた弟子屈くんだけど、拳に力を入れると一気にカレーを口にした。目をつぶり、咀嚼して、そして……。

声にならない悲鳴を上げて座ったままで変な動きをする。まるで壊れた玩具みたいな動きだ。それを見て、後静さんは今まで見たことも無いくらい、楽しそうに笑った。

「あはは、辛いの苦手なのも昔のまんまなんだねぇ」

「……くそっ。お前はいつの間に……こんな辛いの食べられるようになってるんだよ」

「タクちゃんにフラれた腹いせに、やけ食いしてたら好きになったんだよ」

「別に……フッたとかじゃ……そういうんじゃ……」

口を押さえながらヒーヒー言ってる弟子屈くんに、後静さんは幸せそうに、嬉しそうに、楽しそうに……笑みを向ける。

これは……もしかして、後静さんってSだったの……？　普段からは想像もつかないその姿に、僕も七海もちょっとだけ震えた。

彼がヒーヒー言っているカレーを、後静さんは平気な顔をして食べている。そんなに……辛いんだろうかと自然と喉が鳴った。

「……簾舞君も、食べる？」

無遠慮に視線を向けていたからだろうか、後静さんはあろうことか僕に対してまでスプーンを向けてきた。

その行動に、僕も七海も……弟子屈くんも驚愕の表情を浮かべる。

「ダメ！」

七海と弟子屈くんが揃って声を上げると、後静さんは何かに気が付いたように差し出したスプーンを自分の所へ持っていく。

思いとどまってくれてよかったけど、いちいち行動が危なっかしすぎないかこの子。弟子屈くんもホッと胸を撫でおろしてるし。

「あ、そっか。間接キスになっちゃうもんね。さすがに簾舞君にはダメ……か……」

言葉の途中で、後静さんの顔が真っ赤になっていく。

「か……間接だって……だって気づいて……たの？」

「え？　あ、いや……。うん」

バツが悪そうに答えた弟子屈くんへと、後静さんは真っ赤になりながらその拳をぽかぽかと当てていく。力は全く入っていなくて、弱弱しい拳だ。

バカとかエッチとか言いながら叩く後静さんだけど、弟子屈くんはあたふたしながら弁明をする。それは困っているようで、どこか嬉しそうだった。

……このまま、仲直りできればいいよね。もう実質しているものだろうかこれは？

あ、やりすぎて店員さんがこっちに来た。学校祭ではしゃぐのは分かるけどイチャイチャするのはほどほどにって？　はい、ごめんなさい。

え？　いや違います。この四人は弟子屈くんのハーレムじゃなくて僕は男で七海と付き合って……。あ、そっか僕がメイド服のままだった。

今日は四階の教室がどこも使われてないから、イチャつくならそこがおすすめだと僕等に教えて、店員さんは去っていった。

……これもしかしてだけど、食ったらさっさと出ろってを暗に言われたんだろうか？　だったら、追い出されなかっただけ御の字ってやつだ。

「タクちゃん、なんであんなことしたのか……今度ちゃんと話してね」

顔から赤みが消えた後静さんが、弟子屈くんをまっすぐに見据えている。さっきまでの雰囲気から一変して、有無を言わせない迫力がある。

　ピンと張りつめたような空気の中で、弟子屈くんは「分かった」とだけ頷いた。

　そういえば僕と七海、罰ゲームの告白をしたのが弟子屈くんってことをはっきりとは聞いてないんだよな。二人ともハッキリ口に出してないし。

一応、知らないふりはしておいた方がいいんだろうか。後は二人の問題だから、気にしても仕方ないかもしれないけど。

「そういえばさ、簾舞君は明日のカップルコンテストって出るの？」

「あ、うん。エントリーはしたよ。クラスの何人かも応援に来てくれるって」

「……そのカッコで？」

「……ちょっとそれは……分かんない」

そう……僕と七海は散々迷っていたけど……。最後の最後で、出場する決断をした。クラスの皆からの後押しもあったしね……。

ここまでイチャイチャしてるなら、全校に見せつけて来いって。思わず笑っちゃったよね。でもまぁ、それもいいかもしれないってその時は思えたんだ。

「そっか。じゃあタクちゃん、私たちも明日出よっか」

唐突な後静さんの出場宣言に、今回の弟子屈くんは声もなく驚いていた。

◇◇◇◇◇◇◇◇◇

学校祭二日目。

今日は外部からのお客様も来る日だ。外部とはいっても、入れるのは生徒の保護者とか家族だけだけど、普段は学校に来ない人という意味では外部の人だろう。

生徒が招待、申請すれば昨日も入れたらしいけど、みんな保護者が来るのは気恥ずかしいのか一日目で招待する生徒は極稀だ。

昔は完全な部外者も入れる、地域全体のお祭りみたいになってたようだけど。時代の流れか……とか、当時を知らない僕もそう考えてしまう。

まぁ、僕としてはうちの両親にはあまり来てほしくなかったんだけどさ……。

「あらあら、可愛い店員さんね。私、いつの間に娘を生んだのかしら」

「……陽信、そういう服も似合うんだね。父さんビックリしたよ」

これである。

学校祭……忙しいなら無理して来なくてもいいよと言っておいたんだけど、今年は何としても時間を作るよとか言われちゃってたから。

それを言われたのは、もう着る衣装とか決まっちゃった後だ。今更……僕が嫌だって衣装を変えるわけにもいかないのでそれは諦めていた。

諦めていたけど、父さんも母さんもなんでそんな嬉しそうなのさ。

「あら、七海さん。メイド服？　可愛いわねぇ……若いっていいわねぇ」

「志信さん、いらっしゃませ〜。可愛いですか？　ありがとうございます」

「私も今度、メイド服着て陽さんに見てもらおうかしら」

絶対やめて。何が悲しくて母親のメイド服姿とか見なきゃいけないの。あぁ、七海ダメだ、母さんをそんなに焚きつけないで。

見れば周囲のクラスメイト達も、自分の両親の出現に戸惑ったり笑ったりしている。男子はほぼ女装だから、戸惑いの方が大きそうだ。

母さんたちを席に案内して、やっとこさ一つの嵐が終わったと思ったら……一難去ってまた一難……とはよく言ったものだ。

「いらっしゃいま……せ……」

次に来たお客様は、また家族のようだった。というか、非常に見慣れた家族だ。なんでこのタイミングでって思ったけど、僕も見知った人々だ。

「……陽信君……か？」

「……よく分かりましたね」

いやまぁ、そりゃ分かるか。女装してても顔とかは僕だから。厳一郎さんはびっくりしすぎたのか、口を閉じずにパクパクとさせている。

そのすぐ後ろには睦子さんと沙八ちゃんがいるようで、厳一郎さんの両脇からひょっこりと顔を出す。

そしてやっぱり、僕を見てあんぐりと口を開ける。

「……お義兄ちゃん……いや、お義姉ちゃん？」

「あらあら、私……将来は娘が三人になるのかしら？」

勘弁してください。いやまぁ、当たり前だよね。茨戸家の皆さんも来るよね。自分の家族のことだけ考えてたから、これは想定していなかった。

いや、考えたくなかったというのが正確かもしれないけど。

「もしかして、普段のバイトでも同じ格好を……？」

「違います。普段は女装していません」

いぶかし気に聞いてきた厳一郎さんに答えると、睦子さんと沙八ちゃんがほんの少しだけがっかりしたように肩を落とした。なんで肩を落とすのかな？

「あ、お父さん達来てくれたんだ。今満席だけど……どうする？」

まるで救世主のように七海が僕の下へと来てくれた。おぉ、よかった。これで少しは安心して……。

「わー、お姉ちゃんエロかわじゃん。めっちゃ胸強調してるし」

「沙八ッ⁈」

うわ、ハッキリ言っちゃったよ沙八ちゃん。たぶん七海は可愛いから選んだんであって、エロの部分は意識しなかったんだよ。

あー、意識しだしたら胸隠しちゃったし。そっちの方がさらに扇情的に見えてしまうのは気のせいだろうか。

照れ隠しから、七海がみんなを押し出そうとしたところでうちの母さんが割って入る。どうやら相席しないかってことのようだ。七海もそれを渋々受け入れてる。

……いつもの光景が教室で繰り広げられるって、不思議な気分だなぁ。

「簾舞、あの人たちって……？」

おや、剣淵くん。体のラインを隠すためなのか、着物を着た剣淵くんが興味津々といった様子を見せている。

「うちの家族と、七海の家族」

端的に紹介したら、剣淵くんはおぉ……と感嘆の声を漏らした後、驚愕に目を見開いて僕へと突き刺すような視線を向けてくる。

「えっ……彼女の家族と家族ぐるみのお付き合いを……？　結婚秒読みじゃん……」

人から改めて言われるとすごく照れるな。いや、結婚は秒読みではないけど。剣淵くんからはなんでそんなことになってるのと驚かれるが……僕も答えようがない。

本当に、たまたまなんだよ。たまたま厳一郎さん達に会って、たまたま仲良くさせてもらって、旅行とかに行ったりしてたんだよ。言えないけど。

「ちなみに、あの茨戸に似ている超可愛い子は……？」

「あぁ、七海の妹さんだよ」

「……あの可愛い子に、おにいちゃんとか呼ばれてんの？　お前、勝ち組すぎない？」

その件もノーコメントで。いや、呼ばれてるんだけどさ。でも勝ち組ってのはどうかと思うよ。人生の勝ち負けは死ぬまで……あ、そういうのはいいんだ。

それからしばらく僕と剣淵くんの押し問答は続く。主に沙八ちゃんを紹介してくれってので。一応、断るけど……かなり食い下がられた。

遊んでないで接客しろって怒られたから問答は終了。僕は悪くないと思いたい。

「って、簾舞そろそろじゃないか？　コンテストの時間？」

「えっ？　もうそんな時間……ほんとだ。ごめん、じゃあ僕等は行くよ」

「おう、頑張れ。後で応援に行くぜー。ネタ的にも面白そうだし」

ネタにする気かよ。でもまぁ、来ないでとも言えないし仕方ない。さてと、じゃあ行きましょうかね……コンテスト。

「簾舞そろそろか？　だったら、ほれ着替え用意しといたぞ」

「ありがとう音更さん」

僕は音更さんから洋服一式が入った袋を受け取った。中身は……予備の執事服だ。いやほら、最終的に、カップルコンテストにメイド服で出場するのは勘弁してもらった。

沢山の生徒の前で女装はさすがにきつい。

でも制服も味気ない……ってことで、男装用の予備の執事服を着ることにした。メイドと執事で収まりも良いしね。

最初はえーって渋ってた七海も、僕が執事服を試着したら了承してくれた。本当に……心から助かったと思ったよ。

「七海、後静さんもそろそろ行くよー」

行くときには、盛り上げるためにこっそりじゃなくて大々的に行ってくれと言われていたんだよね。ほら、女子達による説明が始まった。

カップルコンテスト出陣ですって言葉に合わせるように、教室内が盛り上がる。まるで僕等を送り出す壮行会のような雰囲気だ。

「あれ？　委員長も行くの……？　え？　誰と？」

あ……剣淵くんが軽くショックを受けてるのが視界の端に入ってしまう。そういえば、微妙に後静さんのことを意識してるフシがあったような……。

心の中で剣淵くんに謝罪しながら……別に僕のせいじゃないけどさ。僕等は教室を後にする。なんか膝から崩れ落ちる音が聞こえて気がしたけど気のせいだ。途中……教室に移動して執事服に着替えてから、会場である体育館に向かうと、すでに弟子屈くんが来ていた。

後静さんと合わせたような……絶妙なヤンキーのファッションである。かなり似合っているな。サマになってる。特攻服のペアルックか。

周囲には人がおらず、遠巻きに見られているようだ。ただ、彼自身はすごくカッコいい部類の男子なので……遠巻きに見てるのは女子が多い。

そのことに気づいているのかいないのか、弟子屈くんは一人で仏頂面を浮かべている。

僕等を見つけると、弟子屈くんは少しだけ微笑んで僕等を迎えてくれた。美男子と言って差し支えない彼だから、その微笑みに周囲にいる女子生徒が色めき立つのが分かった。

「よう、今日はよろしくな」

「あぁ、うん。よろしく。ずいぶん怖い顔してたね」

「普通にしてたら……なんか女子に声かけられまくったんだよ……めんどくせぇ……」

うわぁ、翔一先輩並みにモテるんじゃないだろうかこの人。そういえば翔一先輩に会ってないけど、学校祭では何してるんだろ？

最近はタイミングが合わなくて会えてなかったから、連絡くらいすればよかったかも。

これが終わったら先輩の所に顔を出そうかな……とか思っていたら……。

「さぁさぁ、カップルコンテストの出場者はこちらで受け付けるよ！　もうすぐ開始だからまだの方はすませたまえ！　もちろん飛び入りも歓迎だよ！」

聞きなれた声が僕の耳に届く。七海も気が付いたようで全く同じタイミングで声のする方向へと視線を向けた。

そこにいたのは……。翔一先輩だ。

「先輩……何してるんですか？」

「おやおや、陽信君じゃないか。今日は随分とエレガントなお召し物だね。そうそう、バイト先ではありがとう、非常に助かっているよ。今度は僕も一緒に働きたいものだ」

「いえいえ、僕こそ紹介してくれてありがとうございます……って、先輩は何を？」

今日の先輩は……青いジャケットに黒いパンツ、白いシャツといったスーツ姿だ。首元には蝶ネクタイを付けていて、まるでステージの司会のような格好をしている。

「僕はバスケ部伝統行事、カップルコンテストの案内をしているところだよ。もしかして……茨戸君と陽信君も出場するのかい？」

バスケ部の行事だったの⁉　どこかの部活の行事とは聞いてたけど、これは予想外だった。背も高い先輩は非常に目立つから、案内としてはうってつけか。

……いや、主将だよね先輩？　え、主将がやるものなの？　僕の困惑を知らず、先輩は弟子屈くんたちに視線を向ける。

「おや、弟子屈くんじゃないか。君も出るのかい？　珍しいね、キミがこういう行事に出るなんて……隣の女性がパートナーかな？」

「う……うす……。えっと、その……なんで俺のこと知って……？」

え、知らないのに友達みたいに話しかけてたの。戸惑う弟子屈くんにかまわず、先輩は少し大げさに、まるで演劇のように大きく手を振り上げる。

「かつて茨戸君に告白した仲間のことはだいたいチェックしてるよ。しかし、キミはすでに新しい恋を見つけたようだ。素晴らしい、祝福しようじゃないか」

拍手しながらも先輩は僕等を受付に案内する。その間もひっきりなしに喋っていて、めちゃくちゃにテンションが高い。よく息が切れないな。

「先輩は……出ないんですか？」

「部活の人間は主催だからね、出場できないのだよ。そうじゃなかったら……誰か誘って出てもよかったかもね」

イケメンは言うことが違うなぁ。誰を誘うつもりだったんだろうか。

それにしても……後静さんまで押されてるのは珍しい。割と誰にもマイペースな印象を持ってたけど、そうじゃない人もいるようだ。

怒涛の勢いを見せつけてから、先輩は僕等に向き直る。

「陽信君が出るのも意外だったね。こういう行事は苦手そうなのに。断られると僕がショックを受けるから、あえて誘わなかったんだけど……」

「すいません……色々事情がありまして……」

「もしかして、例の噂が原因かな。まぁ、キミを知っている人間からすると一考の余地もない噂だが……払拭するにはこのコンテストは確かにちょうどいいかもね」

髪をかき上げながら、先輩はさわやかに微笑む。たまにこの人、勘が鋭いというか察しが良いから凄いよな。

「まぁ、そんなところです」

「そうかいそうかい、豪華優勝賞品もあるから楽しんでいきたまえよ」

へぇ、商品とかあるんだ。まぁ、優勝とかはさすがに難しいだろうけど、現金なものでそういうのがあると思うと気合も入ろうというものだ。

先輩の案内で受け付けも済ませたし、後は出場の時間まで待機……。

「ちなみに、このカップルコンテストは無礼講だからね。ステージ上でキスしても、今日だけはおとがめなしだ。まぁ、僕が怒られるってだけなんだけどね」

ハッハッハと先輩は腰に手を当てて朗らかに笑う。そして僕等の反応を見て、してやったりと言わんばかりにウィンクをした。

僕も七海も……弟子屈くんたちも心は一つだった。

「できるかそんなこと!!」

全員からの総ツッコミにも先輩は全く動じた様子はなく、むしろ高らかに笑い声をあげてまた呼び込みに戻っていく。

キスとか言われて意識しないわけがない。僕は思わず七海の唇に視線を向け、七海も同様に僕に視線を向けていた。

何回もキスはしているのに、目が合うとパッと目を逸らしてしまう。弟子屈くんたちは……もじもじとお互いの顔を見られないでいるようだ。初々しい感じがする。

少し気まずくなりながらも、僕等は控室となるであろう体育館の準備室に移動する。けっこう参加者っているんだなぁ。十組くらいかな?

どうやら五組で分かれて、そこから二組が決勝進出……最後に四組で順位を争うと。なんか漫画のトーナメントみたいだ。

僕と弟子屈くんたちは同じ組だ。後半組だから……前半の組をみて何をするか分かる分気が楽かもしれない。

しばらく待っていると……受け付けは締め切られたようでカップルコンテストの開催が宣言された。とうとう……始まったかぁ。緊張してくる。

前半組が呼ばれて、体育館上で紹介されていく。名前とカップル歴を言われてそれぞれアピールポイントを……って、司会進行も翔一先輩かい。

ノリノリで司会を務める翔一先輩が喋るたびに、会場は異常な盛り上がりを見せている。この雰囲気の中でやるって……マジで……？

じっとりと、僕の手の中に汗が滲んでいくのが分かる。最初、剣淵くんがステージをやろうとか言ってたけど……やらなくてよかったかもしれない。

人前で何かするというのが、こんなにも……緊張することだなんて思わなかった。汗が出るのに、指先が冷たくなって震えてくる。まるで氷を直接握っているみたいに冷たい……血が通っていないんじゃないだろうか。

ステージ上では熱い盛り上がりを見せるカップルコンテストに反して、僕の身体も冷たくなっていくけど……そっと温かいものが触れる。

七海の手だ。

「き、緊張してきたね……手、冷たくなってきちゃった……」

そんなことは無い、七海の手は僕よりもはるかに温かいのが触れていてはっきりと分かる。僕はその手を握り返して、彼女の熱を感じる。

温かくて、そこから安心して、緊張がほぐれていくようだ。

さっきまでは言葉も出ないと思ってたのに、僕の口は滑らかに動く。

「……僕も緊張してる」

「だよねぇ。バイトでラウンドガールやってたからちょっとは慣れてるつもりだったけどさ……これはまた別だよね」

「そっか……ありがとう」

七海はきっと、僕が緊張してるからそれをほぐすのに自分も緊張してると言ってくれているんだろうな。そう思うと……自然とお礼の言葉が出た。

僕もちゃんと気合を入れないといけない。もう賽は投げられてしまったんだから。

「違う違う違う、私も本当に緊張してるの。ぶっちゃけラウンドガールだと私はなんも喋らないからまだ耐えられてたの。ステージで何か言うなんて初めてだから」

ええ……マジで？　てっきり気づかいだと思ってたら、全然違ってたようで……確かに七海の手も汗が出ている気がする。本当だったのか。

一回気合を入れた僕は、緊張感は少しだけ抑えられているので……今度は僕が七海を励ます番になりそうだ。

「大丈夫、七海……僕にできることならなんでもするよ」

「え？　なんでもしていいの？」

「うん。なんでも……」

「じゃあ、ちゅう」

いきなりほっぺにキスされた。

え？　ここで？　控室にいる人たちも目を真ん丸くして僕等を見ている。いや、いきなりこんなことをするとは思わなすぎるじゃない。

七海はパッと触れさせる程度のキスをすると、すぐに僕から離れて自身のほっぺをツンツンとつっつく。これは……お返ししろって……？

「んっ」

「……マジで？」

つっつきながらニコニコと笑う七海の頬に、僕はチュッと軽く触れる程度のキスをした。みんなが注目する中でのキスは初めてすぎて……かなり照れる。

まさかさっき翔一先輩が言ってた、ステージ上のキスと似たようなことをしてしまうことになるとは思わなかった。

周囲を見ると、なんか変に注目を受けていた。中にはちょっと羨ましそうに私もと彼氏にねだっている女子もいる。男子はそれをこんなところでと拒否して……。

……周囲がカップルだけだからってやりすぎた、今更ながら照れくさくなってくる。

「……もう、お前らが優勝でいいよ」

ポツリと呟いたその声が……誰のものだったのかは確かめることはできなかった。

◇◇◇◇◇◇◇◇◇◇

ベストカップルコンテストは……予想外の盛り上がりを見せていた。これは本当に予想外だ。僕が勝ち上がっているのになんでこんな盛り上がりを？

最初の五組での戦い……戦いって表現が合ってるか分からないけど、それを僕と七海は勝ち上がった。

内容は司会から出されたお題にカップルで答えていって、それに二人とも答えられたらポイントゲットってやつだ。

幸いなことに僕と七海はそれを順当に当てていくことができて、気が付けば全問正解してた。いや、ほんと……ビックリするくらい当てられた。

初デートの場所はとか、告白はどっちからしたとか、初めてキスをしたのは何回目のデートの時とか、彼女の好きなところ、彼氏の好きなところ……。

公開処刑？　って思うくらいに色々なことを聞かれてしまった。

この盛り上がりはきっと、どうせ負けるだろうって思ってた雑魚キャラが強敵を倒してしまったやつ……。ジャイアントキリングとか判官贔屓とかそういうのだろう。

ちなみに弟子屈くんと後静さんの二人も、それらの答えを順当に答えていってほぼ全問正解だったので、僕等と弟子屈くん達が残ることとなった。

「それじゃあ、決勝に向けて意気込みを聞かせてくれたまえ！」

そんな僕等にマイクを向けてくる翔一先輩。この人ノリノリすぎないですか。

そんなステージ上でマイクを向けられて気の利いたことが言えるわけもなく。ただただ僕は無難に頑張りますとしか言えなかった。

七海は慣れたのかちょっと楽しそうに『私の彼氏が最高だってことを見せつけます』とか言って会場を沸かせてたけど。僕もそういうの言えばよかったかな。

そして今……決勝の時に僕等は最大の難問にぶち当たっていた。

決勝の問題、お互いに相手の好きなことを言い合っていて好きなことが尽きたカップルの負けという勝負で、僕と七海は最後まで残っていた。

そして、弟子屈くんと後静さんも最後まで残っていた。なぜかお互いに血を吐くような表情で、お互いの好きなところを答えていたけど。

なんでそこまでして……ってくらい苦しそうだったんだけど、なんかもうこれは意地なのかもしれない。

そして僕等の決着がつかないので……最後の最後でとんでもない課題が与えられた。

それは『相手に愛の言葉を告げてください』というもの。

言ってしまえば公開告白だ。当時を再現するんじゃなく、今改めて告白するならなんて言うのかを競う。

考える時間は五分。五分後に、僕は七海に……みんなの前で告白する。

いやや、すでに付き合ってるから告白するってのも変なんだけどさ。このイベントが陽キャのものだってのがよく分かるお題だ。絶対に……僕からは出ない発想だし。

と思ってたら、なんか負けた人たちが『負けといてよかった』みたいに呟いてた。待って、陽キャ界隈でも異質なのこのイベント?

この手のは場の雰囲気や周囲の空気で流れが決まって、冷静に後から考えると頭抱えるってやつなのかもしれない。くそう、変に冷静になった自分が恨めしい。

だけど……。

『……陽信、無理しなくていいんだよ？　いいんだけど……ごめん、ちょっと楽しみにしてる自分がいる……』

そう七海に言われてしまっては、真剣に考えるしかないじゃないか。

ここは僕と七海しかいない場所だ。周囲に誰もいないと思い込め。恥ずかしいとか考えずにとにかく七海に気持ちを伝えろ。考えろ、とにかく気持ちを乗せろ。

五分の間に、この半年近くの思い出と、僕の想いが頭と心を駆け巡っていく。出会って、デートして、もう一度告白して、そしてキスをして……。

……そっか、もう半年くらい経つんだな。長い様であっという間の半年間だった。

遠くでそろそろいいかなという声が聞こえてくる。

うん。気持ちは決まったよ。

一歩前に出る。目の前には七海しかいなくて……。いつの間にか、彼女と僕にだけスポットライトが当たっていた。

「……七海と付き合って半年……本当に、色々なことがあったよね。二人で色んなところに行って、誕生日も一緒にいて、僕が誰かを好きになるとか想像もしてなかったよ」

ずっと一人だった。それで平気だった。だけど今は、七海と一緒じゃない自分が想像できないし……想像もしたくない。

「この半年で僕は、七海に一生かけても返せないくらい幸せな気持ちを貰ったよ」

僕の中に無かった、誰かと一緒にいて幸せという気持ちは全部七海からもらったものだ。それがこの半年で……より強くなったことを自覚する。

楽しいこと、嬉しいことを共有してきた。これから先はきっと悲しいことも共有していくし、ぶつかることだってあると思う。

それでも。

「だから僕は、これから先の一生をかけて、僕の全力をもって七海を幸せにするよ。これから先、僕はきっと……七海しか愛さないよ」

大法螺に聞こえるかもしれない、大言壮語が過ぎると言われるかもしれない。だけどこれが、僕の今の素直な気持ちだ。

「大好きだよ、七海」

その言葉を告げた瞬間に、僕の身体が衝撃を感じてよろけてしまう。それと同時に空気を震わせるほどの歓声が僕の肌をビリビリと叩く。

七海が僕の胸に飛び込んできていて、僕はその七海を支えるように抱きしめる。

「私も、陽信からは沢山の物を貰ってるよ……。私の全部で、これからたっぷりお返ししていくからね……ずっと一緒だよ!!」

そして七海は……僕にキスをした。

長いキスではなく、触れるような軽いキス。すぐに離れて、彼女は満開の花のような笑顔を僕に向けてくれる。

「陽信、大好き！」

一瞬の静寂が、まるで永遠に感じられた。誰も何も言えなくて、僕すらも何も言えないと思っていたすぐ後で……。

割れんばかりの拍手が巻き起こる。

「誰がプロポーズまでしろと言った」

翔一先輩からの呆れたような声が聞こえてくる。そのツッコミで、また歓声が大きくなってしまう。

いやいやいや、気持ちを伝えろと言ったのは先輩でしょうが。だから僕は今出せる全力でやったんですよ。なんで非難されるんですか。

ともあれ、これで僕等の番はおしまいだ。ステージから皆に挨拶して、下がろうとした瞬間に七海がぼそりと呟いた。

「……後で二人の時に、陽信からもキスしてね？」

「……うん」

「はいはい、終わったらあとで存分にイチャつきたまえ」

翔一先輩には聞かれてた。マイクを持って言うもんだから、皆にもなんかやったことは伝わってしまったようで同じような野次が飛んでくる。

二人揃って後ろに下がると、弟子屈くん達に呆れた視線を向けられていた。ごめん。

「さてさて、巷の変な噂なんて吹き飛ばすくらいにバカップルぶりを見せてくれた二人なわけだが……続いて、弟子屈くん達にお願いしようか」

「この空気の中でやれってか……」

マジでごめん。やりすぎたかも。渋々と言った体で、二人はステージ上で対峙した。まるで今から喧嘩でもするように、弟子屈くんは……後静さんをまっすぐに見据える。

「それじゃあ、たっぷりと、愛の言葉をどうぞ」

翔一先輩の言葉と、指をパチンと鳴らした音を合図にしたかのように照明は落ち、二人にスポットライトが当たる。

こんなことになってたんだ……全然気づいてなかったよ。

「……後静には、ガキんときから迷惑かけてたよな」

スポットライトを浴びた弟子屈くんが、ゆっくりと……思い出すように言葉を選ぶ。その言葉を聞いて、後静さんは少しだけ微笑んでいた。

「正直、ここに一緒に立てているのがありがたい話だよ。俺は……お前にひどいことをした。それを許してくれとは言わない」

寂しそうな微笑みを浮かべた弟子屈くんに、後静さんが一歩近づく。

「……今日はお前と楽しい思い出ができてよかった。俺にはこれで十分だ……十分すぎるほどに、幸せな思いを貰えたよ」

まるでそれは愛の言葉じゃなく、別れの言葉だ。ステージを見ている人達からはザワザワとどよめきが起こっている。どちらとも取れる言葉に、戸惑っているようだった。

そんな彼に、後静さんは一歩一歩近づいていき……。彼に手が届くところで立ち止まる。

そして……彼を思いっきり……。

ビンタした。

「へ？」

バチィンという見事な音と共に、そんなものが来るとは思っていなかった弟子屈くんがぶっ倒れる。後静さんの格好も相まって、それは非常にキレイに決まった。

倒れたままで弟子屈くんが自身の頬を押さえる。呆けた目で見る。僕等も、弟子屈くんも、翔一先輩も、ステージを見る人たちも。

これが学校祭だからだろうか、教師たちが止める声もない。そりゃそうだ、ここには全員揃ってるわけじゃないんだから。いるのはステージを見に来た観客だ。

お客さんがステージに釘付けになってる。それだけだ。

誰かのごくりとつばを飲み込む音が聞こえた気がするけど、それが自分の身体からなった音だと気が付いたところで……後静さんは叫ぶ。

普段の彼女からは考えられないくらいの大声で、まるで積年の想いをすべてここで吐き出すかのように。力いっぱい。

「いつまでウジウジウジウジしてんだいこの子は!!」

オカンみたいな言葉が出てきた。

みんなポカンとする。頬を押さえた弟子屈くんもポカンとしてる。ポカンとして立ち上がって……そのまま彼女の言葉を聞く。

「タクちゃんは昔っからそうだよね！　一人で悩んで！　何も言ってくれなくて！　こっちがどれだけ心配してたと思ってるのさ！　挙句に一人で完結して！」

よく通る声だった。まるで一人でさっきの大歓声以上の声を出して空気を、この体育館全体を震わせているような、震源地を思わせる声。

普段ちょっと眠そうで、物静かで、怒ったところなんか人に見せたことないような人が放つ怒気は……端的に言って怖かった。

関係ない僕まで、ブルっちゃうくらいに。

「誰が許さないって言ったの！　悪いことしたらごめんなさい！　それから仲直りでしょ！　なんで勝手に一人でいなくなってんのさ！　何年ぶりだと思ってるのさ⁉」

支離滅裂で、ただただ自分の考えだけをぶつけるような想いの塊を弟子屈くんはどんな思いで聞いているのだろうか。

表情からはうかがい知ることはできず、ただただ僕等はそれを見守る。

「どうせなんか事情があったんでしょ⁈　だったら言ってよ！　言ってくれなきゃ分かんないんだから！　カッコ悪くても、情けなくてもいいから！」

一緒に考えようよ、幼馴染でしょ。か細い声を絞り出し、彼女は力なく弟子屈くんの胸を叩く。後静さんの叫び声が終わり、誰もが無言になる。

「ごめん、琴葉」

静寂の中で、弟子屈くんの言葉だけが響く。

「確かに俺、カッコつけてたんだな。琴葉を守らなきゃって、迷走して、心配かけて……。でももう、それはやめるよ」

弟子屈くんはチラッと僕の方を見て、口を一の字に結ぶ。何かを決意したかのように、深呼吸して……後静さんへと視線を落とす。

「俺ともう一度……友達になってくれますか？」

後静さんを抱きしめたままで、弟子屈くんは勇気を出した。その言葉を受けた後静さんは……思わずといった感じで吹き出す。

「……そこで……そうなるのがタクちゃんだよね」

たぶん、それは僕等にしか聞こえなかったんじゃないだろうか。それくらい、小さな呟きだ。それでもどこか嬉しそうに、後静さんは頷いた。

「よろこんで」

その言葉に、弟子屈くんの目元が汗とは違うもので光ったような気がした。スポットライトに照らされた二人に、先ほどとは違う拍手が送られる。

優しく、温かな祝福の拍手。二人は拍手を受けて少しだけ照れくさそうにしている。その手は、今度こそ間違えないという決意なのか固く握られていた。

会場が優しい雰囲気に包まれる中で……黙ってられない人が一人いた。

「君たち、それで付き合ってないは無理がないかい？」

「翔一先輩……なんでここでそれを言っちゃうんですか……」

その無粋なツッコミに、思わず僕もツッコんでしまった。ただまぁ、先輩の言い分はこの場の皆が思っていたことでもありそうだけど。

真っ赤になっている弟子屈くんの表情が……すべてを物語っている気がした。

後夜祭……うちの学校での後夜祭はお疲れ様会みたいなものだ。全校でイベントもやってるし、各々がクラスで打ち上げをする。

もちろん、後夜祭に参加しないで自分たちのグループだけで打ち上げする人たちもいる。

「学校祭も……これで終わりかぁ……」

一人ステージを見ながら呟く。

ある意味で初めての学校祭、七海と一緒の学校祭は……非常に楽しめたと思う。色々なことはあったけどね。まさか自分が女装するとは思ってなかったよ。

「あー、ステージ上でキスした簾舞先輩だー」

「おひとりですかー？　彼女さんによろしく～」

「あ、うん……ありがと」

一人でいると、こんな感じで色んな人に話しかけられる。下級生、上級生、同級生……

あのコンテストで僕等を見ていた人たちだ。

僕はそれに挨拶したり、手を振ったりと……少し前ならしなかったようなことをしている。自分でもびっくりだけど。

今は体育館の中は生徒同士が踊るダンスパーティのような、立食パーティのような装いを見せていた。当然そんな教育を受けてるわけもないので、あくまでも真似事だ。ジュースとお菓子が置いてあって、音楽が流れてて、皆が歌ったり、踊ったりしている。そんな自由な空間になっている。

「それにしても……優勝するとはなぁ」

あのコンテストの顛末を記すと……僕と七海は運よく優勝した。弟子屈くん達は、自分たちはカップルではないのだからと辞退する。

変なところで真面目な二人で……そういう意味でもお似合いなのかもしれない。

優勝賞品はペアで使える何かのチケット。たぶん、遊園地か何かなのかな。今度のデートで行って見てもいいかもしれない。

ちょっと楽しみだ……って冷たっ⁈

「いやぁ……お兄さんモテモテですなぁ……」

振り向くと、七海が飲み物をもって立っていた。メイド服からは着替えていて、今は後夜祭だからかいつもの制服姿だ。それは僕もだけどね。

僕はやっぱりスカートよりもこういうパンツ姿の方が落ち着くなぁ……。あっちはどうもヒラヒラしているのが……。

「えー？　似合ってたから今度は部屋で着てほしいなぁ……」

「……タイミングが合えばね」

そのタイミングは来ないことを七海も察しているのか、プーッと唇を尖らせて抗議の音を出す。さすがにもう……しばらくは勘弁だ。

今は七海とこの後夜祭をゆっくりと楽しんで……。

「簾舞————!!　お前はすげぇなぁぁぁ!!」

ゆっくり楽しもうと思ったら、唐突に騒がしい一団が僕等に近づいてきた。剣淵君を筆頭とした……クラスメイト達だ。

彼らは僕等を取り囲むと、口々に今日の学校祭の成功を称えあう。

「いやほんと……まさかステージ上でやっちまうとは……見ててビビったよ……尊敬するわ……いやマジで」

「あー、あれはその……まぁ、勢いだよね」

やったのは七海だけど。ただ、勢いづかせたのは完全に僕ではある。七海がいきなりしてくるとは思ってもみなかった。

七海は女子達にキャアキャア言われて、照れたように頬を染めている。

まさかこうして……みんなと話す日が来るとは思ってもいなかったな。

「みんな、お疲れ様でした」

僕が持っているコップを掲げると、皆も一拍遅れてコップを掲げてくれる。それがなんだか嬉しくて、僕は乾杯と一言だけ、小さく言った。

みんなから乾杯の声が聞こえて、僕はその場にいるみんなとコップをぶつけ合う。なんだかこれで終わりって感じで……ちょっとだけ寂しいかもしれない。

感じたことのない寂しさに戸惑うと、七海が僕にくっついてきて周囲が囃し立ててくる。照れるような、くすぐったいような……不思議な気分だ。

不意に、聞きなれた声が僕の耳に届いた。母さんだ。

「陽信、ここにいたのね。母さんたちは帰るけど、どうする？」

「あー、うん……そうだね」

僕はチラッとみんなを見てから……。母さんに告げる。

「まだいるよ。みんなともう少し……一緒にいたいからさ」

母さんが信じられないものを見たように、目を丸くしてしまった。僕だって、自分で言ってて似合わないセリフだなって思うよ。

でも今日はお祭りだからさ。今日くらいは、テンションが上がってそんならしくないセリフを言ってもいいと思うんだよね。

なんだか、これで僕もやっとクラスの一員になれたような気がする。

ちょっと遅(おそ)かったけど。

「お母さん、ご心配なく。陽信くんは俺が責任もって面倒見(めんどうみ)ますから」

「あら。じゃあお願いね、剣淵くん」

「お任せください」

……待って、なんで母さんと剣淵くんが和(なご)やかに話してるの。今度は僕が信じられないものを見る目で二人を見ていた。

指をさして、口をパクパクと鯉(こい)のように動かしてしまう。

「だってほら、剣淵くんはカップルコンテストまで案内してくれたわけだし」

「私が案内しました」

生産者表示みたいなことを言ってピースサインをする剣淵くんだけど、待って……待って、母さんたちあの場にいたのッ⁈

僕も……そして七海も固まってしまうんだけど、母さんはなんてことが無いようにスマホを取り出して僕に見せる。

「ちゃんと記録もバッチリよ」

女装姿で七海に改めて告白みたいなことをする僕を……見られた上に……撮られた？

なんか七海が後で映像を送ってくださいとか言ってるみたいだけど、隣から聞こえるその声がものすごく遠くから聞こえてきたような気がする。

嘘でしょ。

「おぉ、膝から崩れ落ちた」

そりゃ膝から崩れ落ちるよ。いや、ほんとに足に力が入らないと膝から行くんだね。飲み物をこぼさなかっただけ偉いと思ってほしい。

なんかみんな笑ってるけど、確かに他人事なら僕も笑うけど……けど、この野郎。

僕の中に、久しく生まれていなかった感情が生まれてくる。その感情を吐き出すように、僕の口から言葉が漏れ出る。

「仁志……キミ、何やらかしてくれてんだよ……!!」

「おっ？」

立ち上がり、感情のままに言葉を投げると剣淵くん……いや、仁志はどこか嬉しそうにニヤニヤと笑みを浮かべる。

くっそう、なんだこの余裕の笑みは。あーもー、余計なことを!!　絶対にしばらく揶揄

われるぞこれ‼

「なんだ陽信、俺の名前覚えてくれてたのかぁ？」

「悪いと思ったから名簿見て覚えたんだよ！　名前で呼ぶタイミング照れくさくて分からなかったのに、よりによってこのタイミングかよこの野郎！」

「アッハッハ、いーじゃんいーじゃん。俺はそういう感情むき出しの方が好きだなぁ」

剣淵……仁志は楽しそうに手を叩いて笑う。なんかもう、こいつに丁寧な対応をするのも逆に失礼な気がしてくるから不思議だ。

いーから謝れと詰め寄る僕と、悪いことしてないとおどける仁志のやり取りをみんな笑いながら見てたんだけど……。

「……陽信、あなた良いお友達ができたのね？」

母さんの声に……少しだけ違和感を覚えた。普通なら気が付かない程度に、母さんの声が震えているような気がした。

よく分からないけど、悲しんでいる感じはしない。というか、みんながいる前で温かい目でそういうの言われると照れくさいんだけど。

……でもまぁ、その通りではあるか。

「そうだね……うん。友達だよ」

「お、デレた？」

「デレてない……。覚えてろよ畜生」

ちょっと不本意な気がしてしまうのは気のせいだろうか。母さんを体育館に連れてきたのは絶対どっかで仕返ししてやる。そんな機会があるか分からないけど。

「そ……じゃ、楽しんでおきなさい。遅くなるなら連絡だけしてね」

「あ、うん。分かったよ」

母さんは踵を返すと手を振りながら帰っていった。父さんや厳一郎さんたちは体育館の入り口で待機してて、僕等に手を振っていたので手を振り返す。

高校にはないっていうのに、なんだか授業参観を受けてた気分だ。もしかしたら学校祭ってそういう側面もあるのか？

「そういえば……委員長どこ行った？」

「あぁ、後静さんなら……」

今はたぶん、弟子屈くんと一緒だよ……と言いかけて、僕はそこで言葉を止めた。これどうする？　言った方がいいのか？

別に明確に好きって聞いたわけじゃないけど、ちょっとだけ好意を持っているような感じがあったよね？　ホームルームの時とかコンテスト前とか。

これを言ったら、仁志はだいぶ傷ついてしまうんじゃないだろうか。そんな感じが……。

「それにしても簾舞の母ちゃん、めちゃくちゃ美人だな。クール系ってやつ？　あんな美人に頼まれたら何でも引き受けちまうよ」

あ、うん。話しても丈夫そうだな。

「後静さんなら今、弟子屈くんと一緒にいるよ」

あ、膝から崩れ落ちた。

意図せずして、さっきの仕返しをしたみたいになってしまった。泣いてはいないみたいだけど、地の底から響いてくるような唸り声をあげて苦しんでいる。

「どうして俺がちょっと良いなと思った女子はみんな人のものなんだぁぁぁ……」

血を吐くような唸り声だけど、みんなはまた始まったと言いながらそこまで気にしていない様子を見せている。

僕はよく知らなかったけど……もしかして、これがデフォルトなの？

とりあえず慰めるように肩をポンと叩くんだけど、彼は彼女持ちの余裕だぁぁぁと同じ姿勢で唸っていた。うん、これは確かにほっておくしかないかも。

時間がすべて解決してくれるさと、顔を上げたら……噂をすれば影が差すというやつだろうか。後静さんが戻ってきた。

弟子屈くんと一緒に。

「クソォォォォォォ!!」

あ、泣きながら行っちゃった……。

えっと、追っかけた方がいいんだろうか？　こういう時にどうすればいいのかいまいち分からないな。僕が行ってもどうしようもなさそうだし。

あ、なんか女の子に声かけてる。うん、放っておいても大丈夫そうかな。

……仁志には後でフォローでも入れておこうか。女の子紹介して……とか言われたら困ってしまうけど。

「やぁ、弟子屈くん。その、なんだろうね。色々と……すっきりしたかい？」

気の利いた一言なんて言えないから直球で聞いてみたけど、答えを聞くまでもなく彼はすっきりとした顔をしている。

手は繋いでいないようだけど、後静さんとの距離も近いし……うん、これは仁志いなくなって正解だったかもしれない。

過去に何があったか、何を話したかは僕は聞かないでおこう。あくまでそれは二人の問題だし、ここで聞くのも野暮ってものだ。

これからきっと、二人で新しい関係を築いていくんじゃないかな。少しだけ関わった身としては、幸せになってもらいたいとも思う。

「はい、ありがとうございました」

ん？　なんか今、言葉遣いが変じゃなかった？

一歩前に出た弟子屈くんは、そのまま中腰になる。

「簾舞さん……こうしてまた琴葉と友人関係を結べました。この弟子屈、御恩は決して忘れません」

「いや、それはほら……。二人が自分たちで頑張った結果でしょ。僕は何もしていないよ。本当に、何にもしていない」

これは本当だ。僕がやったことと言えば弟子屈くんを呼んだことくらいだし。後のことは全部、二人が自分で解決したことだ。お礼を言われるほどのことじゃない。

「いえ、全ては簾舞さんのおかげです。なのでこれからも、ご指導ご鞭撻のほどよろしくお願いします……師匠」

そのまま彼は、ぺこりと静かに……頭を下げた。

……は？　待って、何言ってるのさ君？

「師匠……？」

「はい、これから恋愛ごとに関しては……簾舞さんを見習っていきますので、やはりここは師匠と呼ぶのが筋かと思いまして」

君ってパッと見は不良だよね？　なんでそんなバトル漫画みたいなノリのことを言うの
さ。後静さんも止め……あ、ダメだ。恋愛ごとの部分で喜んでるや。

周囲の皆はなんかもうニヤニヤと楽しそうにしているし。そうだよね、楽しいよねこう
いうの。今ならちょっとだけ分かるよ。

一部女子からは悲鳴みたいな声も聞こえたけど……今はそれは気にしないどこう。

「いや、その……師匠とかじゃなくて全然いいんだけど」

「でも、失礼なことをしていた自分としては、やはりケジメは必要かと思いまして」

「うーん……いや、その、相談ならいつでものるよ？　師匠とかじゃなく……その……友
達として……」

……自分からこう言うのは、ちょっと照れるな。

でも、弟子屈くんなら……似たような経験もしているしいい友達になれる気がするんだ
よね。色々と、出会いは変だったけど。

「ありがとうございます、師匠」

これは分かってくれたんだろうか？　まぁ、師匠呼びはそのうち止めてくれるだろう。
僕はあくまでも弟子屈くんの友達として接するだけだ。

これからもよろしくという意味を込めて、僕は右手を前に出す。それを見た彼は、姿勢を正して僕の手を取った。

その握手をして……あぁ、色々と一段落したんだなぁって実感する。

色々あったし、最初に考えていたものとはだいぶ違ってはいるけれども……こうして僕に無事、男友達ができたのは素直に嬉しいな。

感慨にふけっていたら、唐突に僕の腕に温かく柔らかいものがくっつけられる。そこを見ると……七海が僕にくっついてきていた。

「言っとくけど……友達できても、一番は私だからね」

ちょっとだけ面白くなさそうな、だけど僕に友達ができたことを喜んでいるような、そんな複雑な表情の七海に顔が綻ぶ。

なんとも可愛らしい嫉妬心だ。そんなの比べるまでもないだろうに、それでもきっと言わずにはいられなかったんだろう。

愛されてるなと感じて、僕は彼女の髪を撫でる。

さらさらとした手触りで……いつまでも撫でていたくなる。まるで上質な布のようだ。

七海は僕に撫でられて、気持ちよさそうに目を細めた。

「大丈夫、分かってるよ。僕にとっての一番は七海だから」

「えへへ……嬉しい」

あぁ、やっぱり僕は七海が好きだなぁと改めてその笑顔を見て思っていると……。

「……イチャついてるなぁ」

その誰かの呟きで、僕等はみんながいることを思い出して周囲を見回す。

僕も七海も我に返って、僕等に視線を注ぐみんなを見返すと……一同その表情は『仕方ないなこいつらは』という感じのもので……それが僕等の締めくくりだった。

こうして、僕等の学校祭は無事に終わりを迎えることになる。幸いにして変な噂も収まったけど……代わりに別な噂が広まることになる。

簾舞と茨戸は、学校祭のステージ上でキスをした。

後悔先に立たず。流石に真実については対処のしようもなく……頭を抱えつつも、僕等はそれを甘んじて受け入れるしかないのだった。

あとがき

新年あけましておめでとうございます、今年もどうぞよろしくお願いいたします。

と言うには3月は少し遅いかもしれませんが、今年一発目でしたのでこの本を手に取っていただいた方々に改めてご挨拶をさせていただきました。

実は新年になってから色々と病気やケガ続きでして、去年が本厄でお祓いは済ませたはずなんですが……今年の後厄の方が色々と不運に見舞われている気がします。

去年に引き続き十二指腸潰瘍も治療中なんですが、その他にも膝をやってしまったりと身体のあちこちにガタが来ていたりします。

今も、膝が痛いと思いながらこのあとがきを書いてます。

いやぁ……ほんとね、この本を手に取ってくださっている若い方々。学生さんとか二十代の方々に声を大にして言いたい。

健康は大事。

若い頃の無茶が年を取ってから出るとよく聞きますが、正直に私が若い頃にやってた無茶なんて微々たるもので、それでこのダメージなんですから。

もっと無茶してたなら果たしてどうなっていたのか。考えるとゾッとします。

無理はしない……と言いつつも人生には無理をしなければならないポイントが必ず来るのも事実。だからこそ、その時に無理できるように普段は無理をせず力を貯めましょう。

無理のしどころを見極めることが大事なのかもしれませんね。

さてさて、少し景気の悪い話と年寄りからの無駄話もほどほどにして本書のことに触れていきましょうか。

改めて、この度は8巻をお手に取っていただきまして、ありがとうございます。

まさかねぇ、8巻を出せるとは思ってもいませんでした。7巻のあとがきにも記載しましたが数字には意味があります。

7には多くの特別な意味が込められていますが、8も同様ですね。特別な意味が多く込められています。

一番有名なのは末広がりでしょうか。

漢字で書く八は上から下に広がる様から繁栄等を示すのだとか。

他にも英数字の8も丸だけの角の無い数字として縁起が良い、8を横にすると無限を表す、宗教的にも色々と良い意味がある……等々。

そんなおめでたい8の巻を最初にお届けできて非常に嬉しく思います。

数字の悪い意味？　そんなのは無視すればいいのです。

このおめでたい巻なら、私の後厄も吹き飛ばしてくれることでしょう。

この8巻では、相も変わらず陽信と七海がイチャイチャとしつつ……陽信の中でまた一つの成長が生まれた巻でもあります。

そういう意味では八の末広がりの意味も持たせられたのかな？　狙っていたわけではありませんので、後付けでも意味を持たせられた気がします。

ちなみにこの巻で起きたとある出来事は、私の実体験も含んでいます。それが何かを考えてみていただくのも楽しいかもしれません。

あ、残念ながらバニーのところじゃないです。

あとがきから読まれる方もいると思うので、これ以上のネタバレは控えましょうか。

ぜひ本編を見ていただければと思います。

そして新キャラの後静、弟子屈の両名ですが……。もしかしたら、こっちの二人の方が普通の波乱含みのラブコメをしているのでは……？　と書いてて感じました。両思い、すれ違い、疎遠、和解……と、なんだか王道のラブコメをこの二人はしている気がします。

これはもしかしたら前に書いたかもしれないのですが、この作品では王道の波乱含みのラブコメは主役二人以外に任せてみようかなと思ってたりします。

音更さんは自身の義理の兄との恋愛を。

神恵内さんは幼馴染の年上お兄さんとの恋愛を。

後静さんは幼馴染の同級生との恋愛を。

どちらも関係性がある程度できあがっていて。そこからじれったい展開だったり、すれ違いだったりをしています。

いつかスピンオフとか書けたら面白そうだなぁ……とか思いながら描写してたりします。誰かのスピンオフが見たい！　とかあれば、要望を編集部までお送りいただければもしかしたら実現するかもしれませんね（笑）

まぁ、私の時間的余裕が取れるかって問題もありますが……。

ともあれ、そういうわけなので主役二人には……時々喧嘩もするかもしれないけど存分にイチャイチャしてもらっています。

この巻でもイチャイチャしてますよねあの二人。なんでやっちまわないんだと作者も不思議になるくらいにイチャイチャしてます。

そんな二人を、引き続き見守っていただけましたら幸いです。


そういえば、これは7巻の予告を確認していただいた方には分かると思うのですが、実は今巻は7巻の予告とは内容が少し変わっていたりします。

確か、7巻のあとがきでは8巻の予告は文化祭と修学旅行ということになっていたと思いますが……はい、見事に文化祭だけになってますね。

ここから、裏話です。

じつは当初の予定では、8巻で二年生としての物語を終わらせるつもりでした。

というのも、この物語が続けられても8巻までが限界じゃないかなという考えが頭にあって、脳内にあったやりたいイベントを詰め込んでしまおうと画策してたんですね。

ぺーぺーの新人が8巻まで出せて、これ以降を望むのは高望みだし続きが出ないよりはここで終わらせた方が良いんじゃないかと。

そんな考えがあったわけです。

そのプロットを書いて担当さんに提出したところ、ちょっとイベントが盛沢山すぎじゃないですか、絞ってもいいのでは……？　とアドバイスいただきまして。

その際に当方の不安を吐露してみたところ、なんとまぁ、ありがたいことに無事に9巻は出せますよと言っていただけたわけです。

そこから打ち合わせを経て、今回の内容となったわけです。

8巻を書き上げた今となっては、これをどうやって凝縮するつもりだったんだ過去の自分……とツッコミを入れたくなりますね。

幸いにして、まだ物語を皆様にお届けできそうです。続きを出せるということは……。


目指せ！　十巻!!


そうです、著者コメントの所にも書きましたが今年は十巻を目指したいと思います。

まぁ、まずは9巻を頑張れってところなんですが。これも応援してくださった皆様のおかげです。本当にありがたいです。

この8巻の出版にて、私が関わらせていただいた本はコミカライズの2冊を合わせて十冊となりました。

３月にはコミカライズの３巻も発売されるようですので、合わせて十一冊となります。皆様、ぜひともコミカライズの方もよろしくお願いします。

コミカライズも当方の原作を色々と解釈していただき、新描写や描けていなかったキャラクターたちがどんどん明らかになっていきます。

神奈先生の手による漫画を、毎回毎回楽しみにしているところです。

私は本当に、幸せ者だと実感しています。

皆様にたくさんの物語をお届けするようにと、たくさんの物語を私自身も目にするために長生きしたいですね。

うん、最初に話した健康の話に戻ってしまいましたね……。

こうして皆様に嬉しいお知らせをお届けできるのも、応援してくださっている皆様のおかげであり、関わってくださった様々な方々のおかげであります。

かがちさく先生、今回は文化祭ということもあって様々な衣装のイラストを描いていただきましてありがとうございます。

柔らかく可愛らしく、そしてセクシーに描いていただきまして感謝の気持ちでいっぱいです。作画コストや当方の注文が多くて申し訳ない限りです。

9巻でも素晴らしいイラストを楽しみにしておりますので、引き続きよろしくお願いいたします。

神奈なごみ先生、いつも可愛らしい七海を描いていただきありがとうございます。回を重ねるごとに魅力が増していき、当方も楽しみにしております。

そして、陽信ならそう行動するかという描写をネームを通して、そして投稿される本編を通して拝見し、非常に良い刺激をいただいております。

その刺激は8巻でフィードバックさせていただきました。この場をお借りして御礼申し上げます。

新担当のS様。今巻で初めて一冊分の作業の最初から関わっていただきまして、ご迷惑をおかけした点も多々あるかと思います。

アドバイスをいただいたおかげで、学校祭という一大イベントをしっかり描写することができました。

今後も当方に不慣れな点が多くあるかと思いますが、ご指導ご鞭撻のほどよろしくお願いいたします。

他にもデザインや校正で関わってくださった方々、海外版の翻訳に関わってくださった方々、ボイスコミックに関わっていただいた方々、宣伝してくださっている方々……。

そして改めて読者の皆様方に感謝をお伝えしつつ。
引き続き、執筆を頑張ってまいります。
それでは、９巻でお会いしましょう。
９巻は修学旅行……のスタートだ!!

２０２４年３月１日　９巻も趣味に走りたい結石より。

次巻予告

様々な波乱のあった学校祭を終え、新たに男友達もできた陽信。クラスにも少し馴染むことができ、七海とのカップルも受け入れられつつあった。

そして秋のイベントはまだまだ始まったばかり！　体育祭に修学旅行と、思い出作りにはぴったりな行事が目白押し！

イチャイチャカップルの関係はいったいどこまでいってしまうのか……!?

高校二年生、最高の青春がここに！

体育祭に修学旅行！
青春の特大イベントは
まだまだ続く！
全編書き下ろしのシリーズ最新9巻
2024年夏頃発売予定‼
陰キャの僕に罰ゲームで
告白してきたはずのギャルが、どう見ても僕にベタ惚れです
著・結石　画・かがちさく

HJ文庫　https://firecross.jp/
1143

陰キャの僕に罰ゲームで告白してきたはずのギャルが、どう見ても僕にベタ惚れです8
2024年3月1日　初版発行

著者——結石

発行者—松下大介
発行所—株式会社ホビージャパン

〒151-0053
東京都渋谷区代々木2-15-8
電話　03(5304)7604（編集）
03(5304)9112（営業）

印刷所——大日本印刷株式会社

装丁——AFTERGLOW／株式会社エストール

Printed in Japan

ISBN978-4-7986-3454-8　C0193

ファンレター、作品のご感想お待ちしております
〒151－0053　東京都渋谷区代々木2－15－8
(株)ホビージャパン HJ文庫編集部 気付
結石 先生／かがちさく 先生